ぼくはお金を使わずに生きることにした

THE MONEYLESS MAN
A Year of Freeconomic Living
Mark Boyle

マーク・ボイル
吉田奈緒子 訳

JN259952

紀伊國屋書店

Mark Boyle
THE MONEYLESS MAN
A Year of Freeconomic Living

Copyright ©Mark Boyle 2010
Japanese translation rights arranged with The Marsh Agency Ltd.
through Japan UNI Agency, Inc., Tokyo.

ぼくはお金を使わずに生きることにした

MKGへ

目次

＊本文中の傍注（＊1〜30）、および〔 〕内の注記は訳注です。

プロローグ

二〇〇八年十一月二十八日　無買デー前夜《イブ》

まったくみごとなタイミングでそれは起きた。お金の君臨する世界で過ごすのもこれが最後という日の夕方、六時五分過ぎ。ぼくにとっては、商店という商店がいっせいに一年間の長期休業に入ったところ。おまけに、予想外の長い一日だった。お金を使わずに生活するという計画をメディアにかぎつけられたとたん、インタビューにつぐインタビューをこなすはめに陥ったのだ。おかげで、実験開始を目前にしながら、準備の仕上げどころか、なじみのパブでの惜別の一杯さえおあずけになるし、何度となくくりかえされる同じ質問に答えつづける自分の声にも、いいかげん吐き気がしていた。

ＢＢＣで最後のインタビューを終え、自転車で帰途についたぼくは、近道をしようと、ガラス片が散乱するブリストル屈指のネオン街を抜けていく。と、そのとき、尻の下にグラつきを感じた。いや、たいしたことはない。ただのパンクだ。しかしそれは、今後十二か月の間日々直面するであろう試練を象徴しているかのようだった。あいにく、修理キットは、三〇キロ離れたトレーラーハウスに置きわすれてきた。まあ、ガールフレンドのクレアの家に寄れば、チューブにパッチを当てられる。問題は、左右のサイドバッグに重たい荷物を満載したグラつく自転車を、五キロばかり押していかなければならないってことだ。買いかえるには五分遅すぎる今、唯一の手持ちのホイールを曲げてしまう事態はなんとしても避けたかった。

途中でわが友ファーガス・ドレナンを呼びだす。ファーガスは野草採集人として名の知られた男だが、残念ながら自転車修理にはうとい。それでも、時間的プレッシャーと今後一年への不安とに押しつぶされそうな心境にあって、やつのほとばしる情熱こそが必要だった。二人してようやくクレアの家にたどり着くと、ぼくはぬけがらに近い状態で後輪とおぼしきものを外しにかかる。横ではファーガスが、キノコから紙とインクを作る方法について講釈を垂れている。へとへとに疲れきっているところへ、とめどないおしゃべりを聞かされ、一向に外れない車輪にいらだちがつのってくる。自分がぶっ倒れるか、ファーガスの口の中に毒キノコを押しこんでやりたくなる前に、何か腹に入れたほうがよさそうだな。そう思いいたった瞬間、ビシッ！という大きな音とともに、いかにも重要そうな何かが床を勢いよく転がった。車輪をゆるめたつもりが、後変速機《リアディレイラー》を外してしまったのだ。これはまずいことになった。明日からの実験で、体の次に大切な財産が、この自転車である。大切というよりも、絶対不可欠というべきか。食料や薪《まき》の調達場所のほとんどが往復六〇キロ近い距離にあり、友だちの家だって同じようなもの。自転車なしでは、会合に出かけることも、年間をとおして必要なあれこれを探してまわることもかなわない。

自転車について多少の知識はあれど、こういう複雑な部品となるとお手上げだ。お金の世話になっていたときは、故障したら自転車屋に持ちこんで、部品代と修理代を払って直してもらっていた。だが、もはやその選択肢は存在しない。今日一日、各メディアのレポーターを相手に何をしゃべりつづけたかといえば、お金を使わずに一年間過ごすため、この六か月どのような準備をしてきたか、である。そのあげくに、公式スタートまで四時間のみを残す今、わが計画の中心的存在だった自転車は壊れ、ぼくは心身ともに疲れ果てて床にのびている。明日は百五十人分のフルコース料理をふるまうことになっているのに、食材の調達もすんでいない。それを考えるだけでも胃が痛くなった。

悩みの種は自転車にとどまらない。こんなのは、日々ごまんと起きる問題のほんの一例にすぎない。いつどこで問題が起きても、これまではお金で解決しようと思えばできたが、今後はそうはいかない。いかに心細い立場にあるか、足を踏みいれんとする世界についていかに経験不足かを、この期《ご》におよんで思い知らされた。生まれて初めて感じる自分の無力さ。これまで気にも留めなかった簡単なことさえ、不可能とは言わないまでも、とてつもない難事に見えてきた。この試みは初めから挫折する運命にあるのだろうか。いや、それは考えないことにしよう。今さらあとには引けやしない。何百万という人がぼくのインタビューを聞いてしまったのだ。それがなおさらプレッシャーを大きくしているわけだが。

油にまみれ、不安とストレスを抱えながら、大の字になって天井を見つめていると、いろいろな思いが脳裏をよぎる。いったいどうやって今日までこぎつけることができたのか。何の因果で、衆人環視のもと、こんな無茶な実験に乗りだすはめになったのか。

第1章
なぜ「カネなし」を選ぶのか

お金はちょっと愛に似ている。誰もが一生追い求めつづけるわりに、その正体を真に理解する人は少ない。そもそもの始まりは、どこから見てもすばらしい思いつきであった。

その昔、人びとはお金でなく物々交換で商取引を行っていた。市の立つ日には、各自の生産物を持って歩き回る。パン屋はパンを、陶工はうつわを、酒つくりはエール〔英国の伝統的なビール〕を満たした樽を、大工は木のスプーンや椅子を。そして、自分に役立つ物を持っていそうな相手を見つけては交渉するのだ。人びとがつどうにはうってつけのやり方だが、あまり効率的とは言えなかった。

パン屋のおやじがエールを飲みたいと思ったら、酒つくりのおかみに会いに行く。ひとしきり子どもたちの近況をたずね合ったあと、パン屋は、うまいエールと引きかえにパンを差しだす。時間はかかるが特に問題もなく、両者とも取引に満足するだろう。ところが、これではうまくいかない場合が出てくる。酒つくりがパンを欲しくない日だってあるし、隣人から差しだされた物が自分のビールにつりあわないと感じることもある。それでも、パン屋にはほかに提供できる物がない。「欲望の二重の一致」と呼ばれる問題だ。すなわち、取引をする双方が、相手の欲しがる物を持っていなければならないわけだ。たとえば、グルテンアレルギーの家族がいて、そうとは知らずに食べていたパンが過敏性腸症候群の原因だったとか。あるいは、本当はパンよりも、大工のこしらえたスプーンや、農家の新鮮な野菜が欲しいとか。そんなとき、酒つくりはどうすればよいやら頭を抱えるばかりだった。

そんなある日、この小さな町に、上品な山高帽をかぶり、細縞の三つぞろえに身を包んだ紳士がやってきて、バンク《銀行》と名乗った。市を視察したバンク氏は、人びとが生活に必要な品々を手に入れようと右往左往するさまに失笑をもらす。野菜をリンゴと交換できずにいた農婦に目を留めると、手まねきしてささやいた。「今晩、町民全員を集会所に集めておくれ。皆の生活をうんと便利にする方法を知っているから」

その夜、住民たちはこぞって、山高帽とりっぱな背広のカリスマの話を聞こうとやってきた。バンク氏は、自分の印を押した一万個のタカラガイを見せると、百人の町人それぞれに百個ずつ配った。「ビール樽やパンや皿や椅子を持ち歩かなくても、この貝がらを品物と交換すればいいんですよ」。皆はただ、自分の商う品物を貝がら何個と交換するかを決めるだけ。「そいつぁいい考えだ」人びとは言った。「これで万事うまくいくわ!」

バンク氏は、一年後にまた来るので、そのときに一人一一〇シェルずつ返してほしい、と言った。一〇シェルは、皆の時間の無駄を省き、暮らしを楽にしてあげたお礼にいただく、と。「それは妥当なお話だけど、その一〇シェルはどこから調達するの」演壇から下りてくるバンク氏に、賢明なコックが質問した。町の全員がそろって一〇シェル余計に返せるわけはないと気づいたのだ。「ご心配なく。そのうちわかりますよ」バンク氏はこう言い残し、次の町へと歩み去っていった。

簡単な寓話の形を借りれば、これがお金の始まりだ。それが進化の末、ささやかな初期の姿とは似ても似つかぬものへと変貌してしまった。複雑化した金融システムは、ほとんど説明不可能な域に達している。お金は、ポケットに入れて持ち歩く紙幣と硬貨だけではない。銀行口座の残高はもちろんのこと、先物やデリバティブがあり、国債、社債、地方債がある。中央銀行の準備金も、二〇〇八年の信用収縮で世界的な金融機関破綻の引き金となったモーゲージ証券〔住宅ローンを担保として発行される証券〕も、すべてお金である。金融商品、指数、市場があまりにたくさんありすぎて、それらがどう関係し合うのか、世界有数の専門家でさえ把握しきれていない。

お金はもはや人間に仕える僕《しもべ》ではなく、人間がお金の僕になったのだ。世界はお金に乗っとられてしまった。それ自体には何の価値もないものを、ほかのすべてを犠牲にしてまで、世をあげてあがめたてまつっている。そのうえ、今のお金という概念全体が、不平等や環境破壊や人間性軽視を助長するようなシステムを下敷きにしている。

断絶の度合い

二〇〇七年、ぼくがビジネスと何がしかのかかわりを持つようになって十年がたとうとしていた。ぼくは、アイルランドで四年間、経営学と経済学を学んだあと、六年にわたってイギリスで複数の有機《オーガニック》食品会社の運営にたずさわっていた。オーガニック食品業界に身を投じたきっかけは、大学生活最後の学期に読んだマハトマ・ガンディーについての本だった。それまでは、企業に就職しててっとり早く大金をかせぐつもりでいたのが、この人物の生き方に接して、自分の持てる知識と技能を何か社会の役に立てたいと望むようになった。ぼくの琴線に触れたガンディーの言葉に、「世界を変えたければ、まず自分がその変化になりなさい……たとえ一人きりの少数派であろうとも、何百万の仲間がいようとも」という一節がある。ところが悲しいかな、世界をどう変えたいのかが、そのころの自分にはまだわかっていないのだった。オーガニック食品を扱う仕事は倫理的だと思われた（その気持ちは今でもおおかた変わりない）ので、まずはそこから始めてみることにした。

オーガニック食品の仕事にどっぷりつかって六年がたち、ぼくの見方も変わってきた。生態系に配慮した生き方への足がかりとしてはふさわしい職場だが、期待していたような、持続可能性《サスティナビリティ》を体現した楽園ではなかった。ここもまた、従来の食品業界と同様の問題を抱えていたのだ。遠隔地から空輸される食品、幾重ものビニールパッケージに包まれた「お手軽」な商品、大企業による小規模独立業者の買収などには、幻滅を禁じえなかった。折しも、気候変動や資源枯渇《こかつ》などの問題をなんとかしたいと考える人びとの運動が世界規模で高まりつつあり、ぼくもその動きに合流すべく方向転換を模索しはじめた。

ある晩、親友のドーンと話していて、搾取工場、環境破壊、工場畜産、資源争奪戦などの世界的な問題に話題がおよんだ。ぼくらの一生をかけて取りくむべきは、はたしてどの問題だろうか。かといって、自分たちにたいした貢献ができると思っていたわけではない。ぼくらは、汚染された大海の中の二匹の小魚にすぎない。だが、まさにその晩、ぼくは気づいたのだ。病んでいる地球のこれらの諸症状が、それまで考えていたように互いに無関係ではなくて、ある大きな原因を共有しているということに。その原因とは、消費者と消費される物との間の断絶である。われわれが皆、食べ物を自分で育てなくてはならなかったら、その三分の一を無駄にするなんてことは（これはイギリスで現に起きていることだ）しないだろう。机や椅子を自分で作らなければならなかったら、部屋の模様がえをしたとたんに捨ててしまったりはしないだろう。目抜き通りの店で気に入った服も、武装兵士に監視されながら布地を裁断する子どもの表情を見ることができたら、買う気が失せることだろう。豚の屠畜《とちく》処理の現場を見ることができたなら、ほとんどの人がベーコンサンドイッチを食べるのをやめるだろう。飲み水を自力できれいにしなければならないとしたら、まさかその中にウンコはしないだろう。

心の底から破壊を好む人間はいない。他人に苦痛を与えて喜ぶ人など、そうそうお目にかかるものではない。それなのに、無意識に行っている日常的な買い物は、ずいぶんと破壊的である。

なぜか。ほとんどの人が、みずから生産する側に立たされることはおろか、そうした衝撃的な生産過程を目にすることもなければ、商品の生産者と顔を合わすこともないからだ。ニュースメディアやインターネット上で実態の一端をかいま見る機会はあっても、その効果はたかが知れている。光ファイバーケーブルという感情フィルターを通すと、衝撃は大幅に減殺されてしまう。

こういう結論に達したぼくは、消費者と消費される物との極端な断絶を可能にしたものは何だろうかと思案した。たどり着いた答えはごく単純だ。「お金」という道具が生まれたその瞬間から、すべてが変わったのだ。最初はすばらしいアイデアだと思われたし、世界中の九九・九パーセントの人びとは今でもそう信じている。問題は、お金がどう変わったかと、お金が何を可能にしたかだ。お金のせいで、自分たちが消費する物とも、自分たちが使用する製品の作り手とも、完全に無関係でいられるようになってしまった。消費者と消費される物との断絶は、お金が出現してこのかた広がる一方であり、今日の金融システムの複雑さによって、ますます拍車がかかっている。こうした現実からぼくらの目をそらすために、周到なマーケティングキャンペーンがしかけられる。莫大な予算が投じられるだけあって、成果は上々だ。

負債として創造されるお金

現代の金融システムにおけるお金の大半は、負債（借金）として民間銀行の手で作りだされている。銀行がただ一軒しかないとしよう。それまでベッドの下にお金を隠していたスミスさんが、老後のたくわえの一〇〇シェルをこの銀行に預けることにした。当然、銀行は利益を得るために、このお金の一部——たとえば九〇シェル——を貸しつけに回し、スミスさんが少額の引き出しを望んだ場合に備えて一〇シェルは金庫に入れておく。そこへ、借金しなければならなくなったジョーンズさんがやってきて、スミスさんの九〇シェルを借りることに成功する。やがては利子をつけて返す必要があるお金だ。ジョーンズさんはこのシェルで、ベイカーさんから買ったパンの支払いをする。その日の商いが終わって、ベイカーさんは新たにかせいだ九〇シェルを銀行に預ける。何が起きたかわかるだろうか。もともと、スミスさんは一〇〇シェルを銀行に預けた。それが今、銀行には、スミスさんの一〇〇シェルに加えてベイカーさんの九〇シェルがあり、一〇〇シェルが一九〇に増えている。お金は創造された。さらに銀行は、ベイカーさんの預金の一部を貸しだすこともできるのだ。そして、また同じプロセスがくりかえされる。

もちろん、物理的なシェルの数は変わっていない。スミスさんとベイカーさんが同時に預金を引き出そうとした場合、銀行は窮地に立たされる。しかし、そんなことはめったに起きないし、たとえ起きたとしても、ほかの預金者のシェルを使えばいい。銀行がすべての預金者のシェルの九〇パーセントを貸し出してしまったとき、問題は始まる。この虚構の世界の全口座にあるシェルのうち、たった一〇パーセントだけが実際に存在するという結果になるのだ。すべての預金者がシェルの総額の一〇パーセントよりも多くを同時に必要とした場合、銀行は倒産し（いわゆる取りつけ騒ぎだ）、人びとは銀行が架空の金を作りだしていたと気づくことになる。

ばかげたシステムだと思うだろうが、これが世界各国で日々起きている現実だ。銀行は一つだけでなく何千とあり、シェルの代わりに世界中のさまざまな通貨が流通しているけれども、原理は一緒だ。お金の大半は、民間銀行の貸しつけによって創造されている。この世でもっとも珍重されている財が、それ自体では何の価値も持たず、預金残高とはほとんどが誰かの借金であって、その借金の財源も間接的に見ればさらに別の人の借金で……というぐあい。取りつけ騒ぎだって絵空事ではない。イギリスのノーザンロックやアメリカのファニーメイなど、近年あいついだ銀行の経営危機が、想像上の財源に基盤を置く現代金融システムの不安定さを物語っている。巨大建築が虚構の上に立っているようなもので、二〇〇九年に世界中で見られた銀行救済騒動でもわかるように、システム破綻時には、この虚構をとりつくろうために、納税者が莫大な支援をせざるをえないのである。

負債がもたらす競争社会

現在の金融システムにおいて、お金を預かるだけでは金利が発生しないので銀行は儲からない。だから、なんとかして借り手を探そうとする。どこの銀行も、広告を打ったり、金利を低く見せかけたり、消費主義をあおったりして、預金の大部分を貸し出そうと必死だ。ぼくが思うに、そうやって作りだされた借金が分不相応な暮らしを可能にし、ひいてはこの星の環境を破壊している。銀行が誰かにお金を貸すたびに、地球とわれわれの子孫たちは同額の負債を抱えこまされているのだ。

人間は足るを知らない生き物と見える。二〇一〇年に発表された「クレジット・アクション」〔お金の健全な使用に関する啓蒙活動を行うイギリスの公益団体〕のレポートによれば、イギリス国内に流通するクレジットカードは七千万枚。全人口より多くの「融通のきく友」〔クレジットカードの宣伝文句〕が存在するわけだ。一世帯当たりの平均負債額（住宅ローンを除く）は一万八千ポンドを超えており、さらにやっかいなことには、国家が抱える債務も毎秒四三八五ポンド（本書執筆時点）という驚くべき勢いで増えつづけている。経済的にも生態学的にも、いつか返済のときが来る。こういった貨幣の創造は、経済にとっては望ましいのだが、本来その経済の主人であるはずの人間のためにはなっていない。借金に悩む人びとから公益団体「シチズンズ・アドバイス」〔イギリス全土に四百以上の無料法律相談窓口を持つ〕が受ける相談は一日九千三百件以上にのぼるし、四分おきに一人が破産宣告を受け、一一・五分おきに一軒の家が差しおさえられている。

結局のところ、貨幣創造の過程においては「金持ちはさらに金持ちに、貧乏人はさらに貧乏に」ならざるをえない。銀行は、いくら客観的に見ても自分のものとは言えないお金を貸しつけ、定期的に利子を得て、ローンが返済されなければ不動産を差しおさえる権利を保有する。いやはや、世の中にはとんでもない不公平が存在するものだ。

先ほどの小さな町に話を戻そう。その昔、収穫期には交換など前提にせず気軽に助け合うのが習慣だったし、住民たちは今よりもよほど協力し合っていた。こうした協力関係によって安心感を得ていたのだ。実際、お金がさほど重要視されない助け合いの文化は、今でも世界各地に残っている。しかしながら、お金の追求と、人間のあくなき欲望が、さらに多くを得るための競争に人びとをかりたててきた。われらが小さい町でも、かつては広く行われていた協力に、競争が取って代わってしまった。隣人の収穫作業をタダで手伝う人はもういない。この新しい競争主義は、孤独感、自殺、心の病、反社会的行動の増加など、町が抱える問題の一因となっている。また、資源枯渇や気候変動など、やみくもな経済成長にともなって起きている環境問題とも無関係ではない。

お金かコミュニティーか――安心感の源

大半の人にとってお金は安心の象徴である。「銀行にお金があるかぎりは安心」というわけだが、近年ハイパーインフレに悩むアルゼンチンやインドネシアなどの国を見ればわかるように、この考え方は危うい。二十一世紀初頭に世界が経験した好景気（せっぱつまった銀行幹部らがあおりたてたバブル）ははじけた。多くの政治家、エコノミスト、アナリストは、いまだにその原因を絞りきれていない。

今回の景気低迷を切りぬけることはできるにちがいないし、あと数回の落ちこみには持ちこたえられるとぼくは見ている。しかし、今後の経済危機への対処と景気回復はいっそう困難になっていくだろう。というのも、実社会の複数の問題がからんでくるからだ。銀行業界はもともと不安定な性質を抱えている。そのうえ、われわれの経済を支えている保険業界と石油産業にやがて大打撃を与えると思われる深刻な問題が、二つも進行中なのだ。「気候変動」と「ピークオイル」〔世界の石油生産が頂点に達して減少に転じるタイミング〕の問題である。

◯気候変動

原因に関しては諸説あっても、現に気候が変動しているという事実は否定しようがない。もう一点、気候変動による損害が想像を絶する金額にのぼることもまちがいないだろう。二〇〇六年、ロイズ・オブ・ロンドン〔世界最大級の保険取引市場〕の取締役ロルフ・トーラは、「気候変動の脅威に真剣な対策を講じないかぎり、保険会社は一つ残らず倒産する可能性がある」と警告した。究極のシナリオは二つある。保険会社が「天災」（正確に言えば「人災」だが）を補償対象としつづける代わりに、保険料を大幅に引き上げて保身を図るか（それでも軒並み倒産する可能性は消えないが）、あるいは、天災を補償対象から外して、家や財産を失った当人が損失を引っかぶることにするか（この場合、地域経済は崩壊し、路頭に迷う人が続出する）。

◯ピークオイル

「ピークオイル」という大問題を煎《せん》じつめれば、ぼくたちの文明全体が石油に依存しているという単純な事実に帰着する。嘘だと思うなら、自分の周囲を見わたして、石油を原料とせず〔プラスチックは石油から作られていることをお忘れなく）、石油を使って運ばれたのでもない物を探してみてほしい。石油資源には限りがある。いつ枯渇するかについては意見の分かれるところだが、いつか枯渇するという点には議論の余地がない。油田がまだ底を突かないうちでも、投機のせいで原油価格が高騰すれば、買えなくなる人が増えるだろう。トランジション・ネットワークの創設者ロブ・ホプキンス[*1]によると、一バレルの原油が発見される間に、四バレルが消費されている。つまり、すでにその筋書きに向かって突き進んでいるわけだ。ぼくたちの生活における石油の重要性を、ホプキンスはこう表現する。「今日われわれが消費している石油の量は、二百二十億人の奴隷の労働力に相当する。地球上のすべての人が、それぞれ三人強の奴隷を所有している計算だ」。西洋諸国で現在のような、あらゆる意味において持続不可能な生活を送ることができているのは、ほかでもない石油のおかげである。

二〇〇八年の信用収縮などの際は、各国政府が銀行を救済することもできたが、あいにく人類は、ジョージ・モンビオ〔イギリスの環境ジャーナリスト〕が「自然収縮」と呼ぶ事態へも向かいつつある。彼が指摘するとおり、自然環境に救済措置はない。生態系調査を実施したドイツ銀行エコノミストのパヴァン・スクデフの報告によれば、「森林破壊の結果だけを見ても、毎年二〜五兆ドルに値する自然資本が失われている」。信用収縮によって金融業界が被った損失は一〜一・五兆ドルであって、自然資本の年間損失額のほうが大きいのだ。環境災害と経済収縮への道を歩みつつあるというのに、この先もお金が安心の源と見なされつづけるのだろうか。それとも、公益のために共に働き分かち合う力を取りもどした、緊密なコミュニティーの時代が来るのだろうか。

それがはっきりしたのは、二〇〇八年に両親のいるアイルランドに帰省したときだ。故郷を離れイギリスで働いていた六年の間に、この国はすっかりさまがわりしていた。「ケルトの虎」と呼ばれたアイルランドの急激な経済成長は、文化にも大きな影響をおよぼさずにはおかなかった。二十年前、ぼくが少年だった八〇年代末ごろはまったく様子がちがっていたものだ。そのころの記憶は、両親が今も住む通りに象徴される。ぼくが住んでいたころは皆が知り合いだったから、街へ行こうとして通りの端までたどり着くのに十五分かかることさえあった。当時八十あった家のうち、電話が引かれていたのは一軒だけ。電話をかけたければその家に行って(どこの家の入り口もつねに開いていた)、テーブルに小銭を何枚か置く。わざわざ電話をかけにいくのは、たいていはすごく重要な用件があるときだった。通りに止めてあった自家用車は、せいぜい五台である。ベンツを見かけた日は、誰かの家に外国の親戚が訪ねてきたにちがいなかった。

今日、ほとんどの人は私有財産の形成と出世のはしごにしか関心を持たない。はしごをのぼっているかぎり、それがどのような壁に立てかけられているのかは気にしないのだ。記憶の中の通りはもう存在しない。かつて開いていたドアは、一つ残らず閉ざされている。

＊1 脱石油型のまちづくりを推進するトランジションタウン運動の国際ネットワーク組織。

株式会社「地球」

お金は、富を簡単に、しかも長期間しまっておくことを可能にする。この便利な貯蔵手段がなくなったとしたら、地球とそこに住むあらゆる動植物の収奪を続けようと思うだろうか。必要以上の量を取っても利潤を簡単に長期保管できる方法がなければ、おのずと、そのときどきに必要なだけの資源を消費するようになるだろう。熱帯雨林の木々を誰かの銀行預金残高に変えることもできなくなるから、毎秒一ヘクタールの熱帯雨林を伐採する理由自体がなくなる。木が必要になるまでは地面に植わったままにしておくほうが、ずっと理にかなっている。

地球を小売業にたとえてみよう。世界の首脳たちが店長だ。株式会社「地球」の店長たちは四年間の短期契約で働いているので、次も契約を更新してもらえるよう、短いスパンでなるべく多くの利益を上げたい。そこで、年間の収益を水増しして損益計算書の見ばえをよくするため、レジスターと陳列台を一部売却することにする。実際、それは功を奏す。ぼくら株主はわざわざバランスシートなど見ないから、店長たちの契約は延長される。明くる年、重要な備品の減少によって販売力は低下し、また同じやり方で穴埋めせざるをえない。そのくりかえしの末に、持っていた資産を使い果たしてしまう。その間、株主はといえば、収益を再投資に回すより、実用性の低い短命な商品を買うことを選択していたのだ。

われわれの地球は、このたとえを地で行っている。今まさに、資産を換金しては、得た利益ですぐに陳腐化する製品を買っている。ビジネスの長期戦略として、まともな経営者なら絶対に勧めないやり方だ。『アドバスターズ』[*2]の創刊者カレ・ラースンは、二〇〇九年にこう言っている。

……われわれは、経済学の核となる教えを破ることによって豊かになった。「汝《なんじ》、資本を売却して収益と呼ぶなかれ」である。過去四十年にわたり、森林を伐採し、絶滅寸前に追いこむまで魚を取りつくし、無尽蔵であるかのように石油を吸い上げてきた。この星の自然資本を売り払って、それを収益と呼んできたのだ。そしてついに、経済と同様に、地球も丸裸にされてしまった。

売ることと与えることの差異

ぼく自身はとりたてて、従来の意味での精神的《スピリチュアル》な人間ではない。ぼくが心がけているのは、いわば「応用精神主義」。自分の信条を抽象的に語るだけですまさず、現実世界にあてはめて実践することだ。頭と心と手の間に矛盾が少ないほど、正直な生き方に近づく。ぼくはそう信じている。精神性と物質性は同じコインの裏表にすぎない。

そんなぼくだが、カネなし生活には精神面での美点があると考えている。人が家族や友だち以

＊2　カナダで一九八九年に創刊。現在は隔月で刊行されている、アート誌のような体裁のアンチ消費主義雑誌。無買デーなどのキャンペーンも展開している。

外の誰かのためにに働くときは、おおかた何かしらとの交換になる。何かをするのは代償があるからだ。ぼくが思うに、売り買いと与え合いのちがいは売春とセックスのちがいのようなもので、行為の背後にある精神が大きく異なる。相手の人生をもっと楽しくしてあげられるからというだけの理由で、代償なしに何かを与えるとき、きずなが生まれ、友情が育ち、ゆくゆくはしなやかな強さを持ったコミュニティーができあがる。ただ見返りを得るために何かをしても、そうしたきずなは生まれない。

カネなし生活を志向するもう一つの大きな動機は、もっと単純で感情的なこと。ぼくは疲れてしまったんだ。毎日起きている環境破壊を見聞きし、ちょっとでもそれに加担することに。どんなに倫理性を標榜《ひょうぼう》する銀行であろうとも、限りある地球上で限りない経済成長を追求している存在に対し、自分のお金を提供することに。西洋のぼくらが安価なエネルギーの恩恵を受けるために中東の家庭や土地がめちゃめちゃにされる姿を目にすることに。ぼくは疲れた。そしてなんとかしたかった。ほしいのは、対立ではなくコミュニティーだ。争いではなく友情だ。人びとがこの地球と和解し、そこに住む自分自身やほかのすべての生き物と和解する姿を、この目で見たいんだ。

カネなしになる方法

なぜお金と決別すべきなのかを理屈では説明できても、それを実行に移すとなるとかなりの難事業である。二〇〇七年、とにかくやってみようと決心したぼくは、ブリストル湾に係留してあった虎の子のハウスボートを売り、そのお金で「フリーエコノミー・コミュニティー」というプロジェクトを立ちあげた。お金を使ってお金をなくそうとするなんて偽善的だ、と言う人もいるだろう。だけど、お金だって石油と同じこと。今現在あるものを利用して、将来のために持続可能なインフラを構築すればいい。

それまでにも、LETSやタイムバンクなどの地域通貨制度を使ったことはあった。お金ではなくスキルや時間を交換するシステムだ。グローバルな貨幣制度に代わるものとして非常に意義があると思うが、交換に基づくという点ではお金と同じで、無条件に与えるわけではない。ぼくの理論はこうだ。ある程度の大きさのコミュニティーの一員となって、そこにいろいろなスキルを持ったメンバーがいれば、人の手助けをするとき、相手がお返しに何をしてくれるかなんて心配しなくていい。支援が必要なメンバーにはいつでもコミュニティーが手を差し伸べてくれる、そんな安心感があるからだ。助けてあげた相手が助けてくれることはないかもしれないし、助けたことのない人から助けてもらうかもしれない。通常の貨幣制度とのちがいは、コンピューター画面上の数字で安心の度合いをはじきだすか、好意で何かをしてあげたときに生まれる人とのきずなに安心を見いだすか、である。一方では高い塀が張りめぐらされ、もう一方では強固なコミュニティーが築かれる。

ボートの売り上げでウェブ開発者に協力を依頼したのは、人びとが営利目的ではなく好意から助け合えるようなオンラインのインフラづくりだ。最大のねらいは、ウェブサイトが橋渡しとなって人びとが無料で助け合えるようになることだが、そのためにどうするのが一番よいのか、議論を重ねる必要があった。最終的に、分かち合い《シェア》を中心におくこととした。分かち合いの効用は、世界中で使われる資源を節約できるだけではない。まわり道ながら、人どうしを結びつけることにもなる。自分に何かを分けてくれた相手を、前より悪く思う人がいるだろうか。言いたいのはそこなんだ。分かち合いはきずなを作りだし、恐怖心をやわらげ、われわれの生きていることの世界も捨てたものじゃないと思わせてくれる。世界中いたるところで日常的な人づきあいがもっと和やかにならないかぎり、本当の平和が訪れることはない。全体とは細部からできているのだから。

フリーエコノミー・コミュニティーは、スキル、道具、そして空間を分かち合うウェブサイトになった。サイトを通じて出会った人たちが、新しいスキルを教え合い、資源を蓄積していくうちに、最終的には、何をするにしてもお金に左右されることのない生活を送れるようになる、そういう場にしたい。サイト名は、プロジェクトの精神を一言で表す「justfortheloveofit.org《そうしたいからするだけ》」とした。すぐに注目が集まったのには、われながら驚いた。コンセプトそのものは昔からあるのだが、インターネット上に設けた点が新しかったのだと思う。一年もたたないうちに、ジャーナリストたちは、カネなし運動全般を指して「フリーエコノミー」と呼ぶようになっていた。

「自分が変化になりなさい」

年が明けて二〇〇八年に入ったころには、具体的にどういう「変化」に自分がなりたいのかがわかってきた。立ちあげたプロジェクトは軌道に乗り、スキルを売るのでなく分かち合う方向へと踏みだすメンバーをあと押ししていた。次の段階は何か。今よりお金に重きを置かない世の中にしたいと望むなら、まず自分が金を使わずに生活してみて、そんなことが可能かどうか確かめたらいい。

方針が決まったのは二〇〇八年六月。少なくとも一年間、お金を使わないでやってみる。開始日は十一月末、国際無買《むばい》デー*3だ。友だちに話すと、どうかしちまったんじゃないかと言われた。「おまえってやつはどうしてそう極端に走るんだ」と。ぼくの生活スタイルは「極端」と評されることが多いけれど、何を極端と感じるかは人それぞれで、ぼくにとっては、プラズマテレビ一台に二千ポンド払うのだって極端だ。第一、将来直面することになる気候変動やピークオイルが、高名な科学者たちの警告するとおり尋常でないレベルの問題だとしたら、穏当な方法で解決できるわけがないではないか。

*3　本当に必要なもの以外は買わずに過ごし、消費が人間社会や自然環境に与える影響について考えようという日。一九九二年にカナダで始まった。日本や欧州では十一月の最後の土曜日。

第2章　カネなし生活のルール

ぼくはスポーツ好きな家庭に育ったので、お金を手ばなす決心をする前は、超セレブなプロサッカー選手になりたいと思っていた。サッカーの経験はカネなし生活にあまり役立ちそうになかったが、「どんなゲームにも明確なルールが必要」という姿勢はサッカーをとおして身につけたものだ。そこでまっさきに、人に簡単に説明できるような、カネなしの一年のためのルールを作成することにした。

この実験のルールについてたずねる人は、おおむね二つのタイプに分かれる。一つは「わざわざルールを考えるなんて」と驚くタイプ。自分一人のゲームであって、敵がいるわけではないのだから、そのときどきにふさわしいと感じたままに動けばよいではないか、という論理である。もう一つのタイプは、ぼくが直面するかもしれないありとあらゆるケースを想定して、それに対する答えを知りたがる。

最初のタイプの論理は少しまちがっている。実際、ぼくには二人の敵がいるのだ。特に恐ろしいのは、ぼくの内なる悪魔である。雨降る冬の夕方に街まで車で送ってもらうとか、暖炉の前で友だちとウィスキーをちびちびやるとか、もちろんチョコレートもだが、そんな誘惑にさらされると、こいつはどうしたって弱い。ルールがなければ、ときには誘惑に負けてしまうにちがいない。いったん屈したら、せきが切れたようなものだ。自分自身の弱点を知ることは、いつも大きな強みになる。もう一人の敵に関しては、さほど心配していなかった。潜在的な批判者のことである。こういう実験をおおっぴらにやれば、失敗したとき、あれこれと非難を浴びるのは目に見えている。さいわい、これまで一緒に仕事をしたジャーナリストとは、ほぼ全員と、非常によい関係を築いてきた。ぼくが会って話した人たちは皆、誠実に接してくれ、お互いに実りある協力関係を保ってきた。しかし、ジャーナリストというのは耳寄りなニュースを取ってくるために雇われているのだし、媒体によってはきわどい話が好まれる。世界中のプロデューサーや編集者が一人残らずフリーエコノミーのメッセージを広めようとしてくれていると期待するのは甘すぎる。某新聞社（名前は伏せておく）のデスクは、ぼくが金を使ったり受けとったりしないか試してやろうと、覆面記者を差しむける案を企画会議にはかったという。会議に出席していた編集部員のルームメイトが偶然ぼくと知り合いだったために発覚したのだが、どんなふうに話をでっちあげるつもりだったのやら。

さて、ぼくの十二か月間を左右することになるルールを紹介しよう。

一、「カネなし」の大原則

丸一年、金銭の授受をしないこと。小切手もだめ、クレジットカードもだめ。例外は一切なしだ。十二か月の間、必要な物や欲しい物があるときは、現金やそれに類するものを使わずに手に入れなければならない。銀行口座は解約した。一年間、金と無縁に過ごしたあと、口座を開き直すのはおそらく難しいだろうが、それも承知の上である。

二、「フッー」の法則

「フッー」なんて、この実験にあまり縁のなさそうな言葉だ。だけど「フッー」の法則は、一番重要なルールだった。一年をとおして遭遇するさまざまなケースにどう対応するか、その判断基準となってくれたからだ。実験に取りくみながらも比較的普通の生活を送ることができたのは、この法則のおかげである。

「○○は実験のルールにかなっているか」と聞かれたら、「普通だったらどうするだろう」と考えてみる。たとえば、よく出る質問に、「ご友人がディナーをごちそうしたいと言ったら、招待を受けるのですか。それともバーターにしなければならないのですか」というのがある。この手の質問にはげんなりさせられるよ。もちろん、ディナーに招待してくれる友だちとバーター取引なんかするものか。カネなしになる前だって、友だちがぼくの皿によそってくれる料理に対して、代価を支払おうなどと言ったことはない。そんなのは、ぼくの育った社会の規範にことごとく反する行為だ。

ここではっきりさせておくべき点をいくつか。第一に、たとえばぼくが二週間後にこの友だちを（ほかの友だちだって同じことだけど）ディナーに招待したら、相手は、「今週の君の食いぶちが足りなくなるといけないから」という理由で断ることはできないんだ。それは普通の断り方じゃないだろ。それに、ふだんより頻繁にディナーの誘いがあると感じたら、つまり、ただ一緒に時を過ごすためではなく、ぼくの健康を気づかって誘ってくれているのであれば、それに対してはノーと答える。第二の点。この一年、ぼくは送電網《オフグリッド》の外で暮らすことにしていた。「オフグリッド」の生活とは、照明、暖房、調理、通信に使うエネルギーを自力で作りだし、自分の出したゴミも自家処理することを意味する。でも、友だちと一緒のときに、そいつが電気をつけたり音楽をかけたりしたからといって、その部屋から出ていく必要はない。そんなのは、ばかげている。いらなくなったノートパソコンと携帯電話（着信専用）を人から譲りうけたが、遠方の友人宅にいるときに充電が必要になって、ほかにどうしようもない場合は、その家の電気を使わせてもらう。過去にもそうしていたからだ。同様に、誰かがうちに遊びにきたときは、自家発電の太陽光エネルギーを使ってもらう。第三の点。一年の始まりにあたっては、ふだんどおりの量の食料と衣類を持っていた。無買デー前夜にすべてを捨てさって一から始めたのでは、実験の趣旨にそぐわない。

「受けとる」という行為はとても大切だ。なぜなら、与える人が親切を実践できるから。受けとる人が存在しなければ与えようがないし、他人に何かを与える能力は、人間に授けられたすばらしい才能である。とは言うものの、いたってリアルな日常の中で、実験の趣旨を損なわずにいる必要もあるのだった。

三、「ペイ・フォワード」の法則

ペイ・フォワードの概念自体は以前からぼくの頭の中にあったのだが、同名のハリウッド映画〔『ペイ・フォワード 可能の王国』ミミ・レダー監督、二〇〇〇年製作〕のおかげで、言葉でうまく説明できるようになった。映画の主人公の少年は、学校の課題で、世界をよくする方法を考えるように言われる。少年はこう考える。もし一人が三人の困っている人を助けてあげれば、その三人がそれぞれまた別の三人を助けると信じてそうすれば、それが無限に続いていけば、地球上に気づかいと親切と愛がねずみ算式に広がっていくはずだ。それだけでなく、まわりまわって元の助けた人のところに戻ってきて、たぶん、その人がもっとも助けを必要としている瞬間に、その恩恵を受けることになるだろう、と。

ぼくは、従来のバーター取引の代わりに、ペイ・フォワード経済を取りいれるよう心がけている。つまり、無償で与え、無償で受けとるのだ。従来のバーター取引では、仕事をする前に両者が「対価」を取りきめる。そのあとで合意内容を実行に移し、交換がすべて履行された時点で取引が終わる。どうもぼくには、お金とたいした差がないように見えてしまう。もちろん、取引が地域内で行われる利点はあるし、多くの場合、価値があって双方に有益な物が取りかわされる。

顔の見える関係を作りだしもする。しかしそこには、ある重要な精神が欠けている。「無条件に与える」ことだ。無条件に与える行為には、人間関係を変容させ、きずなを生みだす何かがある。それは、いわゆるバーター取引にはない特質である。

誰かが、ただそうしてあげたいからという理由で、見返りを期待せずに何かをしてくれたとき、それは強い力を持つ。何よりまず自分自身のことを考えよと教えられている二十一世紀にあっては、なおさらだ。ペイ・フォワードとは、まさしく、無条件に与える行為である。自然界はこの原則に従っている。リンゴの木は、果実を無条件に与える。現金もクレジットカードも要求しない。その種が鳥などの力で離れた場所へ運ばれることを信じて、ひたすら与えている。その結果、地上にはさらに多くのリンゴがもたらされる。

では、ペイ・フォワードをぼくの実験にどう応用するのか。ぼくが人の手助けをするときは、前もって条件を取りきめることをしない。ただ、手助けをするだけだ。これは、信頼に基づく関係である。何かを必要とするとき（欲しいとき、ではない）には助けてもらえると信じてやる。助けてくれるのは、ぼくが助けた張本人かもしれないし、会ったこともない人かもしれない。それは、誰かを助けた五分後に起きるかもしれないし、二年後かもしれない。さしずめ「情けは人のためならず」といったところか。わりに単純な話だと、ぼくは思うんだ。この世界に愛情を注ぐために時間を費やせば、順当に考えて、愛情の蓄積された世界から自分も恩恵を受けるよね。

ペイ・フォワードは美しい理論で、皆がこれを徹底的に実践すれば、世界は今よりずっと友愛に満ちた場所になるだろう。人間は、つい目先のことだけを考え、自己中心的になりがちだ。取っては、ためこむ。しかし、そこから生まれるのは、本当の意味での安心と豊かさではない。与え、分かち合うことによって、われわれは皆、物質的、心情的、精神的にずっと豊かになれるはずだ。誰もが利用できる物質的な共有資源が増えるだけでなく、友情のネットワークが広がり、「できることをする」ところから生じる温かさも手にするのだ。

四、「尊重」の法則

生きていくうえでは周囲の人の意向も無視できず、ときには妥協が必要になる。オフグリッドで暮らすつもりでも、誰かの家や職場に出入りすることだってある。そんなとき、森の熊のようにふるまおうと思えば、おもむろにシャベルを取りだして裏庭に穴を掘り、排便におよんで家の主にショックを与えることだってできなくはない。

しかし、ぼくの実験は、お金や下水道を使いつづけている九九パーセントの人を不快にさせて関係を悪くするのが目的じゃない。こういう場合に自己の流儀を金科玉条のごとく押しとおすのは、かえって逆効果になる。これが「尊重」の法則である。ぼくは自分の信念のために立ちあがった。でも、ぼくが力を注ぐのは、長い目で見て最良と思われる変化を起こすこと、そして、希望者がいれば、この旅路を共に歩んでもらうことだ。他人の暮らし方を尊重していれば、自分の暮らし方もずっと尊重してもらいやすくなる。

五、「化石燃料不使用」の法則

われわれはやがて、石油のない世界に移行せざるをえないだろう。石油資源には限りがあり、人間は驚くべきスピードでそれを使っている。石油由来の製品による問題は、環境汚染のみにとどまらない。そのような製品を使う習慣が重圧となって、各国政府は原油の新たな供給源探しにやっきになり、ひいては世界中で戦争を引きおこしている。

ぼくはその片棒をかつぐのが嫌だった。そこで、この丸一年、自分のために化石燃料〔石油、天然ガスなど〕の使用を増やすのはやめにした。「ずいぶん疲れているようだから車で送ってやろう」と言われても、丁重に辞退する。ただしヒッチハイクは許容範囲とする。その車は、いずれにしても同じ方面へ行くのだから。といっても、乗せてもらうのは徒歩や自転車では絶対無理な場合だけで、めったにある話ではない。この一年は、人の好意にタダ乗りするための年ではないんだ。国境を越える旅であればともかく、友人と会ったり食料や薪を集めたりするブリストルまで、三〇キロの距離をヒッチハイクで行くことは決してしないつもりだ。

六、「料金前払いなし」の法則

通常、電気や水道などの公共料金の請求書は定期的に送られてくるが、それを前もって払いこんでおくことも、ぼくはしない。それどころか、そもそも一切の請求が発生しないよう、完全なオフグリッド体制をしいたのだ。ぼく自身のインフラの整備は、一夜にして完成するものではなかった。見方によっては、一生涯分の備えに値するとも言えるわけだから。実際のところ、六か月かけてこの一年間の準備を整えた。一年の始まりは二〇〇八年十一月二十九日の「無買デー」。十一月の最終土曜日にあたり、クリスマス商戦の火蓋《ひぶた》が切られる日である。

第3章 準備を整える

お金なしに一年間生活してみようと考えはじめた当初、それがさほど難しいことだとは思っていなかった。たしかに、手持ちのお金にいくらか余裕があれば悪い気はしないけれども、ぼくが派手な消費生活を謳歌《おうか》していた時代はとうの昔だ。ところが、フリーエコノミー的生活の「ウサギの穴」[*4]に入りこめば入りこむほど、そこが迷路のように見えてきた。それ自体の難しさのせいというよりも、現代の西洋社会が安楽な生活にすっかり慣らされているため、そしてさらに深刻なことには、先人の知恵の多くが失われてしまったためである。人類は長い間、お金を持たずに暮らしてきた。その期間は、人類史の九割以上を占める。それが今や、あたかも忘れ去られた特

＊4　英国児童文学の古典『不思議の国のアリス』では、アリスが白ウサギを追って巣穴に飛びこむところから冒険がはじまる。

殊技能と化してしまったのだ。

準備に着手してすぐわかったのだが、ぎりぎりの予算で暮らすことと一銭も使えないことは、まったくの別物だった。英国政府の定義では、年間所得中央値の六〇パーセント未満で暮らす世帯が貧困世帯となる。公式には、五千八百ポンド未満が貧困層、五千ポンド未満が最貧困層、すなわち「この世の地獄」と見なされる。政府発表の数字によると、国内の千三百万人が貧困生活を送っている。

貧困とはおかしな現象である。かならず金銭的に定義され、他人のかせぎとの比較で決められる。お金をほとんど持たず、公式に「極貧」と分類されながらも、非常に幸せな人だっている。高い給料をもらっているのに、うんと不幸な場合だってある。つねに「もっと」欲しがる人は、どんなにかせいでも貧しいままだし、今ある物に満足している人は、いつだって自分が豊かだと感じることだろう。イギリス国内の貧困のほとんどは、物質的貧しさではなく精神的貧しさ、つまり物質的利益の追求からのみ満足を得る精神構造である。そして、アフリカの国々などに見られる物質的貧しさの原因は、多くの場合、西洋の精神的貧しさである。WTO（世界貿易機関）やIMF（国際通貨基金）などの機関を見るがいい。われわれ消費者の求めるぜいたく品や安価な食料を欧米諸国政府が供給できるよう、「発展途上」国を債務と規制でがんじがらめにしつづけている。

そこそこやりくりすれば、年間五千ポンドで生活するのはきわめて簡単だった。家賃を差しひいても、だ。ところが、お金を一切使えないとなったとたん、さまざまな問題が生じてくる。普通ならちょっとした買い物ですむことが、気の遠くなるような大仕事になってしまう。週五〇ポンドの薄給で暮らしているとして、ペンが書けなくなったとしよう。ペンなんて買えば安いものだ。誰だって、近くの店に駆けこんで二五ペンス出せば新しいのを買える。しかし、お金を使えないとなると話は別だ。ペンが信じられないほど安くたって、五ペンスに値引きされたって、この際関係なし。お金がなければ買えないだけだ。国内の最低賃金換算で二分間の労賃に等しい額を支払う代わりに、一日の四分の三の時間を費やしてキノコから新しいペンを作らなければならない。これが、倹約生活とカネなし生活のちがいである。この現実にはすっかり肝をつぶしてしまった。

ぼくの消費行動を解剖する

ジャーナリストやレポーターたちのほうが、ぼくよりずっと早くから、この実験の無謀さに気づいていたようである。最初のうち、まず聞かれるのが、「どのようにやっていくおつもりですか」だった。インタビューや記事で取りあげるのに都合のよい、短いフレーズを求めていたのさ。でも、カネなしで丸一年どうやって過ごすかを、一言で説明できるわけがない。

この質問に対しては、どのような準備をしたかをありのままに伝えるのが一番だと気づいた。カネなしで一年過ごすと決めたとき、ルール作成の次に取りかかったのは、自分がお金を使った物をかたっぱしからノートに書きだすことだった。ぼくの「分解」リストと呼んでいたものだ。考えをまとめるため、食料、エネルギー、暖房、交通、娯楽、照明、通信、書籍雑誌、芸術などに項目を分けた。結局、リストでノートの半分が埋まってしまった。かなりつつましい消費生活を送っていると自認しているぼくでさえこうなら、大物セレブのリストは、と考えるとゾッとする。リストをたどりながら、ふだん必要としている物すべてを、お金を介さずにどうやって手に入れるか検討していった。ほんの数ページ進んだだけで明らかになったのは、ほとんどの項目について、自分が消費する物との「断絶度」を一ポイント以内に収める必要があるということ。自分で作る（断絶度＝ゼロ）か、作る人と知り合いになる（断絶度＝一）かだ。

この方法は出発点としてうってつけで、有益な情報をたっぷり引きだして判断材料とすることができた。実験前または実験中に新しく身につけなければならない技能がいくつあるか、必要なインフラにいくらかかるか、こまごました日常の活動にどれくらい時間がかかるのか、などなど。消費を減らし、残った物との関係を密にするための一年である。リストを作ってみて、自分にとって必要最低限の生活レベル、すなわち絶対に手ばなせない物が明確になったし、それほどでない物に優先順位をつけることができた。

この作業の利点に、それぞれの物がどのくらい大事かを自問せざるをえなかったことがある。たとえば、パンは大好物だ。相当の中毒と言ってもいい。今回の「分解」作業でわかったのは、パンを食べるには、小麦を手に入れて、自転車用リヤカーで持ち帰り（交通量の多い道路の場合、やや時間がかかる)、手回しの挽《ひ》きうすで小麦粉にしなければならない。パン種も自分で作るから、初回は五日間待つことになる。この五日の間に、屋外にパン焼き窯《がま》を作る。それが使えるようになったら、火をつけて、パンが焼けるまでの二時間、しょっちゅう様子を見ていなければならないだろう。焼き上がるころにはくたくたで、一週間かけて用意したおいしいパンを賞味するどころではなさそうだ。

ぼくはパーマカルチャー[*5]の信奉者だ。パーマカルチャーでは、人間の居住環境と食料生産体系を、自然の様式に似せて設計し、作りあげる。そのような設計モデルにおいては、ほとんどゴミが出ず、エネルギーを大幅に節減できるが、それだけでなく、労力もうんと節約できるのだ。自分が無精者だとは思わないが、食べ物を作るために、その食べ物から摂取できるよりも多くのカロリーを消費することには意義を見いだせない。それくらいなら、寝ころがって本を読んでいたほうがましだ。とはいえ、何事にも中庸がある。リスト化しながら悟ったのは、パンが欲しければ別の方法を探さなくてはならないということで、ぼくの出した答えはこうだ。パンは好きだけど、それは特別なごちそうだと思うしかない。その代わり、麦のもやし《スプラウト》を作ることにする。二、三枚重ねた有孔《ゆうこう》トレイにライ麦粒をばらまいて、日に二回水をかけてやり、発芽させる。これな

＊5 オーストラリアのビル・モリソンが考案した、持続可能な農的暮らしのデザイン(設計)体系。パーマネント(永続的な)とアグリカルチャー(農耕)/カルチャー(文化)を組み合わせた造語。

ら五分ですむし、パンを焼くよりもはるかに少ない労力で、パン以上の栄養価が得られる。さすがに味と香りは劣るけれど。

以上は、何百というリスト項目のうちの一例に過ぎない。リストの効用にはもう一つあって、実験に必要なインフラを作りあげるのに、どれだけのお金をため、使わなければならないか、はじきだすことができた。「カネなしの一年を実現するためにお金をためて使わなきゃ」なんて言うと、皮肉と受けとられるか、矛盾していると思われるかもしれない。だけどぼくは「人類が明日からお金を使うのをやめたらいい」と言ったことはない。「人類が来週から石油を使うのをやめたらいい」と言わないのと同じだ。どちらも、いつかそうなってほしいけれども、現時点でそんなことをしたって、ぼくらのインフラ全体が潤沢《じゅんたく》なお金と石油の存在に基づいている以上、大惨事を招くだけだろう。ぼくはお金を石油と同じように考えている。それを使いつづけるならば、せめて、必要性が低かったり環境に害を与えたりする物やサービスに使うのはやめようじゃないか。今後は、長い目で見て人類を真に持続可能にしてくれるような新しいインフラを構築するために、これら両方の資源を使っていこうじゃないか。ぼくにとって、それは革命ではなく、進化であり、移行であり、変容なんだ。

カネなし暮らしに必要だと思われる基本的インフラを調達するためには、四か月で約千六百ポンドをためなければならないらしい。並行して、すべてを開始日までに設置するための作業もすることになる。この金額は、全部（住みかなど）を新品またはもっとも高い中古で購入したと想定しての計算だ。始める前に失敗したくはないからね。しかし、何もかもを購入するつもりはもともとなかった。ほかの人の廃品を活用することによって、どのくらいタダで準備できるか試してみようという計画だ。このプロジェクトの精神にもかなっている。時間はかかるだろうが、できないはずはない。

調査は完了し、リストはできあがった。リストアップされたものを十一月末までに集める仕事に取りかかろう。

インフラを構築する

○住居

生きていくために必要な物は何か。まず思いつくのが生活必需品であり、そのトップに来るのが住居《シェルター》である。

カネなしで一年生活しようと決心した当初、どうやって家賃を払わずにすますのか、はっきりした考えがあったわけではない。普通の家に住むのは少なからずお金がかかるから無理だとわかっていた。なんらかの住まいを入手して、タダで使える場所に置くしかないだろう。最初から、どんなものでも選択肢に入れるつもりだった。テント、ゲル、トレーラーハウス、ティピー〔11章のコラム「環境負荷の小さい住まい」参照〕、何だってかまわない。もちろんテントでの冬越しはつらいどころじゃないだろうが、何が何でも始める気でいたので、それも真剣に検討した。分解リストで住居用に組んだ予算は五〇〇ポンド、この地域の平均的な住宅価格の〇・二パーセントだ。この予算で買えるのは、えらく立派なテントか、笑っちゃうほどちっぽけなトレーラーハウスか、ゲルの左半分だ。しかも、それだけの額を捻出《ねんしゅつ》できるかどうかもわからなかった。それならいっちょう運だめしというわけで、ある朝「フリーサイクル」のサイトに投稿してみることにした。

「求む、住居。テント、ゲル、トレーラーハウスなど、種類は不問」

トレーラーハウスと書いたのは、ほんの冗談のつもりだったから、ある女性から「私のトレーラーハウスをぜひ差し上げたい」という返信が来たときの驚きをお察しいただけるだろう。とっさに、「そんなうまい話があるわけがない。どうせ役立たずのボロボロさ」と思った。ところが、さにあらず。製造後十年経過したためにキャンプ場での使用許可が下りなくなっただけで、非の打ちどころのないトレーラーハウスだった。売却するにはそれなりの手間がかかるからと、持ち主はただ保管しておくために月々二五ポンドの維持費を払っていたのだ。譲りうけるにあたって何をお返しすればよいかとたずねるぼくに、その人はにっこりほほえんでキーを差しだし、「あなたの物よ」と言った。画期的な成果である。期待していたよりずっと広くて、暖かく、頑丈な家が手に入ったうえに、必要資金を五〇〇ポンド減額できたのだ。また、新品を買わずにすんだという点も、ぼくにとっては劣らず重要だった。

家は手に入った。次は、タダで駐車できる場所を探さなければならない。家賃はどこの街でも安くない。数週間前に計算してみたところ、ひと月あたり七日分のかせぎがそのまま、うちの大家のふところに入っていた。今後、家賃を払う必要がなくなれば、心から共感でき、時間をさいて支援したいと思えるプロジェクトのために、ボランティアで働くことも可能になるわけだ。一つ考えがあった。どこかのボランティア・プロジェクトで働いて、敷地内のじゃまにならない場所にトレーラーハウスを置かせてもらうのはどうだろう。

候補となる団体のリストを作ってみたところ、ブリストル近郊のラドフォードミル農場が最適だと思われた。ほかの候補より街からは遠いが、ぜひとも応援したいプロジェクトだった。働いてほしいという日数はほかよりも多めで、週三日。屋根の下で眠るために、ひと月に十二日間働かなければならない計算だ。ある記者にも指摘されたが、ブリストル市内で部屋を借りるために最低賃金で七日間働く必要があるのとくらべても、割りはよくない。しかし、そのような思考回路にこそ、ぼくは別れを告げようとしているのだ。農場の運営者コミュニティーとの取りきめで、一日九時間、週三日働くことに同意した。といっても、柔軟で形式ばらない約束である。したいことをしているときは、必要とあれば少々の残業も苦にならない。手伝うのは、作物の栽培や土地（特に生け垣）の整備のほか、掃除や堆肥《たいひ》づくりなど、有機農園の運営に必要な仕事全般だ。農園は十二万坪の広さだから、自分の食べる分を栽培するスペースもたっぷりある。

新しい家のたった一つの難点は、トイレがないことだった。この問題を解消するため、コンポストトイレを作ることにした。普通のトイレと大きなちがいがあるわけではない。ただ、流すしかけが付いていないので、水が無駄にならない。そのうえ肥料も作ることができて、一石二鳥だ。コンポストトイレの作り方は二つある。三日かけて高床式のきちんとした建造物を建てる方法が一つ。快適さと簡便な肥料生産機能を兼ねそなえる。適切に熟成させた人糞《じんぷん》は良質な肥料となるし、いざ畑にほどこす際も、高床構造だから取りだしが楽だ。もう一つの方法の所要時間は、三枚の木枠で囲いを作るのに三十分、地面に深さ九〇センチ幅三〇センチの穴を掘るのに十分である。これで、可動式トイレとシャワー室が手に入る。しくみはこうだ。穴に排便して、好みの方法で尻を清める。それがすんだら、防臭とネズミよけのため、ブツの上に掘った土をいくらかかけ戻す。穴がいっぱいになったら、別の穴を掘り、囲いを移動する。この囲いは、シャワー時の目隠しにもなる。家のすぐ横には誰もが通れる小道があるんだ。ぼくのほうは気にしないけれど、犬の散歩に来た人は、冬の凍《い》てついた朝に木の下で震えているアイルランド野郎のヌードなんて、見たくはないだろうからね。

このコンポストトイレは、訪ねてくる人によってはジョークのネタになるだけだが、ぼくにとっては、まさにやろうとしていることすべての象徴的存在なんだ。コンポストトイレは、健全な精神と、ぼくらを取りまく環境への（ひいては同じ人類への）尊敬の念とを体現している。生命の源である河川を汚すのをやめないかぎり、まったく何も変わらないと思う。自然を敬う心をはぐくまないかぎり、変化は訪れないだろう。ぼくには、「普通」のトイレこそが、この世界の狂気と暴力を体現しているように見える。わざわざきれいな水の中に排便しているんだから。人糞は土壌にとっては役立つが、水資源にとってはやっかい者である。だから、再度きれいにするために大規模な汚水処理施設を作り、そこでさまざまな化学物質を浴びせた水を、また元のサイクルに戻す。大量のエネルギーを使うだけではない。ウンコ入りから化学薬品入りに姿を変えた水を飲んでいる、ということだ。まったく正気のさたとは思えない。ぼくたちの現在の暮らしが環境をいかに軽んじているかを物語っている。

インドがイギリスからの独立めざして非暴力で闘ったとき、ガンディーは手紡《てつむ》ぎ車を運動の象徴とした。インドが経済的に独立しないかぎり真の独立は訪れないこと、インドが自分たちの手で自由への権利をかせぎ取らねばならないことを、彼は知っていたのだ。インドの人びとによる英国製の布のボイコットと、国産品をよみがえらせようという決意が、やがては独立をもたらすにいたった。

さて、お金を持たずに屋根の下で暮らせる環境を作りあげたところで、次の課題はエネルギーの自給だ。

コラム

タダで物を手に入れる

不用品を持っている人と使いたい人とをマッチングする、すばらしいオンラインサイトがある。世界中にグループを持つ「フリーサイクル（www.freecycle.org）」と、「フリーグル（www.ilovefreegle.org）」だ。この二つのプロジェクトのおかげで、何の問題もなく使用できる製品が捨てられずにすむ（フリーサイクルは、年間四百万トンもの有用物が埋め立てられるのを防いでいる）。そのうえ、二酸化炭素の排出量も減る。不用品を譲りうけた人は、通常の製造販売ルートから新品を入手する必要がなくなるからだ。新品には、当然ながら大量の内包エネルギー（製品の生産時および流通時に使用されるエネルギー）が含まれている。

これらのサイトでは、不要になった物を告知するだけでなく、「○○求む」の掲示を出すこともできる。グループの誰かがそれを持っていて、新しい持ち主に譲ってもよいと思ったら、好きなときに連絡を取るしくみだ。

必要な物を手に入れるには、住んでいる地域のリサイクルバンクに出むいたり、近所の家から出る粗大ごみを物色してまわったりといった、昔ながらの方法もある。実際、びっくりするような品が見つかる。ぼくが使っている物の多くは、埋め立て地行きの運命にあった物だ。

◯エネルギー

お金を使わずオフグリッドで生活するとなれば、自分の使うエネルギーはみずから作りだすことになる。ガスボンベや使い捨て電池は使わないし、全国送電網《ナショナル・グリッド》にも接続しない。オフグリッドにしなければ、光熱費を支払うか、エネルギー消費をゼロにするかだが、どちらもぼくにはできない。

以前から、オフグリッドで生活してみたいと思っていた。自分たちの使うエネルギーの調達と、出したゴミの始末には、皆が責任を持つべきだという信念からである。そうしてこそ、自分たちが消費している物に対する認識も深まる。さらに言えば、通常の送電網ほど無駄の多いエネルギーシステムはないのだ。電気ポットの水を半分にしたり電球を省エネ型に取りかえたりする努力はすばらしいが、送電網システム全体の大きな欠陥の前では、ほとんど意味がないように思われる。グリーンピース〔国際的な環境保護団体〕によれば、「中央集約型の発電・送電モデルでは、驚くべきことに、投入された一次エネルギーの三分の二が無駄になるため、必要以上の燃料使用と二酸化炭素排出を余儀なくされている」とのこと。発電ロスと送電ロスを合わせると、家庭のコンセントに電気が到達するまでに三分の二のエネルギーが失われているのだ。どこの国の政府もこのばかげたシステムに固執していて、たいした対策をほどこす気配もないからには、ぼくら個人が率先して手を打つしかない。

オフグリッドへの移行が容易か否かは、いくら投資できるかによる。一万ポンド持っていたら簡単だが、三五〇ポンドの予算だったら話はまるでちがってくる。「金持ちでなくても環境に配慮した生活を送ることができる」というのを証明するのが、ぼくが自分に課した役目だ。「オーガニック食品はしょせん生活に余裕のある人向け」とよく言われるけれど、決してそんなことはない。体が摂取するものに気を使っている人であれば、化学物質、農薬、化学肥料、添加物を食卓から追いだすほうを、二〇〇チャンネルのテレビの視聴契約よりも優先するものだ。現に二〇〇八年のぼくは、アルバイトの薄給で、一〇〇パーセント国内産かつオーガニックなものを食べつづけることに成功した。このぼくの食生活がきっかけとなって、その年の秋に全国キャンペーン「食べ方を変えよう《イート・ザ・チェンジ》」が実施され、イギリス各地の何千人もの人が同様の食事を一週間続ける誓いを立てた。

最低限必要な基本装備がいくつかあった。調理器具、地場の廃材を燃料とするトレーラーハウスの暖房器具、明かり、手回し充電式懐中電灯、シャワー、そして実験経過を発信・記録する道具であるノートパソコンと携帯電話（ぼくの「移行期ツール」）のエネルギー源だ。一番重要なのは、もちろん調理器具。これがないと、一年間ずっとローフード[*6]を食べつづけることになる。当初の思いつきでは、暖房と調理を兼用にすれば、エネルギーも労力も半分ですむはずだった。ところが、そうすると、暑い夏の間、料理するたびに自分も火あぶりになってしまう。そこで、別の方法をとることにした。

その何週間か前、フリーエコノミー・コミュニティーの地元グループと毎週開いている「フリースキルのつどい」で、親友クリス・アダムスのワークショップを企画したことがあった。フリースキルのつどいとは、コミュニティーの各メンバーが持っているスキルをほかのメンバーに無料で披露する場で、だいたい十五人から、多いときは百五十人が集まる夜もある。このときのワークショップが、たまたまロケットストーブの作り方についてだった。リサイクル材で作る、エネルギー効率抜群の調理器具だ。クリスはじきに陸路の世界一周旅行に出発するところで、愛用していたロケットストーブが不用になると言う。君以上に活用してくれる人はいないだろうからと、快く譲ってくれた。これで家と調理器具が手に入った。どちらも、ほかの人がいらなくなった物で、無料である。

トレーラーハウス内の暖房については、薪ストーブしかないと決めていた。廃材を燃やせるので環境にもよい。木が腐敗するときに大気中に排出されるメタンガスは、温室効果ガスの一種であり、二酸化炭素の二十倍もの地球温暖化作用を持つ。意外だと感じるかもしれないが、木は放

＊6　加熱されていない食べ物。生の野菜や果物などに含まれる酵素を摂取するために生食を重視する食養法を指す言葉でもある。ただし、この食養法の実践者でも、加熱調理した物をまったく食べない人はまれ。

置して腐らせるよりも燃やしたほうがいいのだ。森の中の倒木や枯れ枝をなくそうと言っているのではない。それよりも、都市部の空き地などで拾いあつめるほうがはるかに望ましい。というのも、そういう場所の木は自然生態系の一部を成しているわけではないから。ぼくの場合、農場の圃場《ほじょう》整備の副産物として出る間伐材《かんばつ》も利用できる。

何週間もかけて調査の手をつくした末、耳よりの情報を得た。ガス容器やバイク部品やスクラップなどのリサイクル材で薪ストーブを作っている男が、地元のスクウォッター[*7]住宅にいるらしい。スクウォッターについてはマスコミで悪く報じられる傾向があって、社会に貢献しない「たかり屋」だと思われがちだ。ところが実際はその逆の場合が多い。このような、それまで空き家だった建物の住人たちは、たいがい、受けとることに対しても与えることに対しても鷹揚《おうよう》である。ぼくの薪ストーブに関してもそうだった。訪ねあてたギャヴィンという名のスクウォッターは、廃材を生かしたみごとな作品を、六〇ポンドだと言ってぼくを驚かせた。製作に丸一日以上かかっていることを思えば、まったくの破格値だと言えよう。

本来ならば、電気を一切必要としない生活が理想である。パソコンも携帯電話も、生きていくための必需品ではない。しかし、この一年の大きな目的の一つは、関心を持ってくれる人にぼくの経験を伝えることである。イラクサやローズヒップから電気を作ることはできないので、ある程度の環境負荷は避けられない。選択肢はいくつかあった。風力発電か、太陽光発電か、はたまた手回しの人力発電か。この中から、環境負荷を最小限に抑える選択肢を選ばなくては。イギリスの冬には風力が最適だし、夏には太陽光が一番だ。手回しはどの季節にも相当の労力がいるが、天気に依存しないという利点がある。理想としては、これら全部を併用したいところだ。あらゆる事態に対応するには、多様性がカギとなる。比較検討の結果、風力が第一候補にあがったが、ニーズに合うような設備にはついに手が届かなかった。それで、しかたなく太陽光で行くことにした。中古のソーラーパネルを探すのは、三月十七日[*8]にしらふでいるアイルランド人を探すのに等しい。信条には反するが新品を購入することとし、半額セールで二〇〇ポンドのを手に入れた。太陽光発電には、大量の内包エネルギーが存在する。パネルの生産に使う鉱物などの原料を採掘し、加工し、世界中に輸送しなければならない。だから、この買い物に完全に満足したわけではなかった。

ぼくのいるところは、一番近い街灯からもその他の夜間照明（月明かりを除く）からも距離があるので、懐中電灯は不可欠だ。ありがたいことに、以前ジャーナリストからもらったきり忘れていた手回し式の懐中電灯が、古いバックパックの底から出てきた。

体を洗う方法については、たいした名案がなかった。一番簡単なのは、ソーラーシャワーを購

＊7　空き家や廃墟などを法的権利のないまま占拠して使用する人。イングランドでは、こうした占拠使用自体は罪に問われず、スクウォッターにもある程度の居住権が認められる。

＊8　聖パトリックの日。アイルランドにキリスト教を広めた聖人の命日であり、国の祝日として盛大に祝われる。

入することだ。ただし「簡単」と言っても、買うのが簡単だという意味で、霜の降りた冬の朝七時にその下に立つのは決して容易なことではない。五ポンドで、これも新品を手に入れた。一見安いようだが、実は、厚手の黒いビニール袋の底に短いホースが付いているだけの代物だと気づいてしまえば、特別安くもない。ただ、夏には非常に役に立つ。昼間に直射日光下に放置しておけば、黒いから太陽熱を吸収して、イングランドの暖かい夏なら、内部の水温は優に二〇℃を超える。買ったあとにちょっと罪悪感を覚えた。これならば自作すべきであった。時間さえ許せば、フリーサイクル経由で古いバスタブを入手して、熱い風呂に入れるように作りかえようと決心する。水源はいろいろだ。シャワーや洗濯には川の水を使うが、飲み水はおもに農場の水道水を使わせてもらう。地元の科学者による検査で、川にはさまざまな汚染物質が流入していることがわかっているためだ。雨や雪が続いたあとは谷底にわき水が出ることもあり、できるかぎりそれも利用する。

新居を手に入れ、オフグリッド対応に改装するのにかかった金額は、合計二六五ポンド。「環境保護なんてほかにすることのない裕福な中流階級《ミドルクラス》だけのもの」との言い草に反証を突きつけることができた。たしかに、ぼくはたいへん運がよかったし、ここまで安く抑えるにはそれなりの手間がかかっていることも認める。しかし、あと千ポンド上乗せしたとしても、西洋社会に暮らすほとんどの人がまかなえる額だろう。ぼくらが家具だけにどれほどのお金を使っているか、考えてみたらいい。住環境がほぼ整ったところで、次の重要課題は「どうやって食べていくか」だ。

コラム

ロケットストーブの作り方

必要な材料

業務用サイズのオリーブ缶（または同じくらいの大きさの缶）二個

＊近所のデリカテッセンで譲ってもらえないかたずねてみよう。

煙突用のL字型送気管（直径一〇センチ以上）一本

ブリキ用はさみ

厚手の手袋

断熱材（バーミキュライト、灰など）

手順

1 片方の缶の底面をブリキ用はさみでていねいに切りとる。この缶の上部に、ナベのサイズに合わせて丸い穴をあける。切りとった縁は危険のないように始末する。

2 もう一つの缶は、上部の面を切りとる。

3 上部を切りとった缶の正面に、送気管のサイズの穴をあける。

4 最初の（ナベを乗せる）缶の下部に小さな切りこみを入れて、もう一つの缶の上部の周囲に底の縁をかぶせられるようにする。

5 送気管を穴にはめこみ、下の缶の内部に上向きに取りつける。送気管のまわりは最低五センチのすきまを空けておき、そこに断熱材を入れる。これは、送気管を固定するとともに、熱損失を抑える役目をする。

6 最初の缶を上にかぶせ、こちらも側面に断熱材を入れる。

7 一番上にナベを乗せ、送気管の下部で少量のたきつけを燃やしながら調理する。

下で木を燃やすと、炎が送気管内を通ってナベ底まで上がってくるので、「ロケット」ストーブという名前がついている。

◯食料

西洋社会においては第二次世界大戦以降、総じて「食」にまつわる営為への関心が薄れてしまった。栽培にしろ、採集にしろ、どうやら料理さえも例外ではないようだ。生きていくために食料を栽培しなければならなかった最後の世代は、すでに高齢に達している。最近になって家庭菜園に対する関心が高まっているのは喜ばしいことだが、多くの人は、自分の食べ物がどこからやってくるのか、スーパーマーケットに並ぶ前についてはほとんど知らない。ブリストルで子どもたちを対象に有機農場見学ツアーを主催している親友がいる。あるとき、十歳児のグループに、ハーブ園のローズマリーを指して「これが何だかわかる人」と聞いたそうだ。二十秒たって一人の手があがり、「コンビーフ」という答えが返ってきたのだった。その子は大まじめにそう言ったのだ。さらに悪いことには、それを聞いて笑う子が一人もいなかった。そんな状況だから、お金を使っていないと言うとまず「じゃあ、いったい何を食べてるの」と聞かれるのも、決して驚くことではない。多くの現代人が、食料はスーパーマーケットで買ってくるものと思っている。

見当ちがいもはなはだしい。そもそも、母なる地球は、その実りと引きかえにびた一文だって要求しない。お金を発明したのは人間であって、地球じゃない。みんながお金について話すのを聞いていると、まるで水や食べ物や酸素みたいな存在に思えてくるけれどね。無料の食べ物はあらゆるところにある。どこで何を探せばよいかを知る必要があるだけだ。

カネなしの食卓は、四本の脚が支える。一番心おどるのが「採集《フォレジング》」。元来、食料を求めて歩きまわることを意味する言葉だったが、今日ではおもに野山の幸を摘《つ》んで食す行為を指して使われる。ぼくはたいした採集者ではない。探して歩くのは楽しいけれど、その道をきわめるには長い年月が必要で、ぼくなどまだ初心者にすぎない。それでも、以前とくらべたらずいぶん知識も増えた。必要となれば覚えるものだし、いろいろと教えてくれる採集仲間にも恵まれていた。その一人ファーガス・ドレナンは、BBCの『ロードキル・シェフ』[*9]に取りあげられて一躍有名になってしまったが、世界でも指折りの採集名人である。昔、市民農園で隣り合わせたアンディーとデイヴのハミルトン兄弟は自給生活のカリスマで、『自給自足のバイブル（*The Self Sufficient-ish Bible*）』という本も著している。

採集と言っても、現代社会にあっては、すべての食べ物を野生から調達しようというのではなく、食生活のすばらしい補完になるという話である。ぼくの理想とする世界では、誰もが食料の大半を採集でまかなう。しかし、野生環境の衰退や、六千百万人を超えたイギリスの人口を考えると、全員に行きわたる量は存在しない。それでも、採集で得られる食品は栄養価が高い。新鮮で生命力にあふれているし、探し歩くこと自体もとても楽しい。そのうえ、まったくお金がかからず、誰でもできる。ただし、安全性が確認できないものは決して口にしないでほしい。初心者はリンゴ、ブラックベリー、イラクサなどの簡単なものから始めて、だんだんと知識を増やしていけばよいだろう。

お金いらずの食卓を支える第二の脚を、ぼくは「市街地採集《アーバン・フォレジング》」と呼んでいる。ようするに、ほかの人が捨てた物を利用するのだ。そう言うと、ゴミ箱に飛び込む「スキッピング」[*10]（あるいは「ゴミ箱ダイビング」「ゴミ箱あさり」）ばかりをニュースメディアは好んで取りあげるが、実際はだいぶ様相が異なる。もちろんスキッピングにも行くけれども、日増しに実行しづらくなってきた。

難点は、それがおもしろみでもあるのだが、実際に行ってみないと何が手に入るかわからないことだ。一週間食べられるほどの獲物を手にすることはたやすいけれど、栄養面を考えると廃棄食品だけに頼る食事は勧められない。新鮮なオーガニック食品を入手できることはまれだし、それが欠けた食生活は、慣行農法による果物や野菜に散布される石油系殺虫剤や除草剤や化学肥料の量を考え合わせると、ぼくの目には不健康にうつる。ただし、栽培や採集に非常に手がかかったり専用の道具が必要だったりする製品を手に入れるには、スキッピングが最適だ。ぼく自身はどちらかというと、まったく問題のない食べ物を（つねに新鮮な食品を置いているという評判をけがさないために）捨てている店と、個人的な関係を築くようにしている。廃棄するためにお金をかけている店も多く、ぼくの経験では、礼儀正しくアプローチすれば喜んで処分品を分けてもらえた。結局のところ、どこも悪くない食べ物を喜んで捨てる人など、そうはいない。世界の人口の半分近くが食べ物に困っているとあれば、なおさらである。

ぼくの食卓の脚の残り二本は、新鮮な地場の有機農産物をお金を使わず入手する二通りの方法

＊9　路上で轢死《れきし》した野生動物（ロードキル）や地域に自生する食材を採集するシェフ、ファーガスの姿と、その創作料理に対する人びとの反応を描き、現代の食生活に疑問を投げかけるドキュメンタリー番組。

＊10　事業系の廃棄物をためておく金属製のコンテナを「スキップ」と呼ぶことから、店（ショップ）へ行くショッピングとの対比で使われる語。

である。言うまでもなく、その一つは自家栽培だ。小規模な有機栽培で利益をあげるのは相当難しい。大衆の考える標準価格というものをスーパーマーケットが完膚《かんぷ》なきまでに変えてしまったからだ。そういう道をあえて選んだ少数の農家は、お金のためにやっているのではない。生計をたてるだけなら、もっと楽な方法がある。長期的な土壌の健康に配慮し、化学物質を使わない栽培にかける情熱だけでやっている人がほとんどなのだ。だけど、個人で食べる分を育てるのには何も難しいことはない。それが小規模農家となると、長時間労働で育てた食べ物を底値で市場に卸し、やっと得た利益で自分たちの食べ物をはるかに高い小売価格で買わなくてはならないなんて、どう考えても理不尽である。

実際、自分一人の力で食のニーズすべてを満たすのは難しい。だが、コミュニティーの一員として共同で作って食べるのであれば、話は別だ。そこで、最後の脚の出番となる。バーター取引だ。バーター取引は、食べ物と食べ物を交換する場合もあるし（特に夏は、取れすぎた作物を持てあましている人が多い）、自分のスキルを食べ物や自分にないスキルと交換する場合もある。ぼくは、おおざっぱなやり方が好きだ。誰かのために一日まじめに働いたあと、前もって決めたわけではない量の食べ物を受けとる、というぐあいに。

それを聞くと「えらくリスキーな」と言う人もいるが、今までそうしてきて搾取されたと感じたことはない。「一日中働いて二五キロのオート麦をもらった」と言うと、「どうかしてるよ。同じ大きさのパックを二〇ポンドで買えるのに、九時間も重労働するなんて」というのがおおかたの反応だ。でも、そう感じるのは、硬直した考え方のせいだ。食べ物の本当のコストについて、ぼくたちはもっと敏感になる必要がある。二五キロのオート麦が二〇ポンドであってはいけないのだ。それだけの量のオートを得るために、種まき、草とり、水やりから、刈りとってローラーでつぶすまでの一連の作業を、もし自分でやらなければならないとしたら、六十時間かかるだろう。だから、六十時間分の成果が九時間で手に入るならぼくはありがたいと思うし、ぼくが手伝った相手もありがたいと思ってくれる。そこがすばらしいところなんだ。こうした関係は、人間どうしの友情をうんと深めてくれる。現金ではなく友情に安心を見いだすような人間関係は、信頼に基づくコミュニティーの再建にも重要な役割を果たしてくれるにちがいない。

自分の住む土地との関係づくり、そして地域の住人たちとの関係づくりには、四か月を費やした。その間に、ねらい目のゴミ箱、廃棄食品の出る店や企業、野生の食料のありか、手伝いを求めている人などを探しあて、食べ物の自家栽培に必要なスキルも学んだ。多様性は強みとなるから、食料の入手先は多ければ多いほど、どこか一か所がダメだった場合にも生き残れる確率が上昇する。

とはいえ、渡りをつけた相手のうち何人かは三〇キロ離れた市街地にいる。次の課題は交通手段の確保だ。

○交通

お金のいらない交通手段は、おもに二つある。ただし、多くの場合、その二つにも見えないコストが存在する。まず、徒歩にまったくお金がかからないのは、裸足で歩く覚悟があるか、靴を自作できる場合だ。それができなければ、ペンと同じで、非常に安価だが完全にタダではない。そこで、古タイヤ、はぎれ、使用ずみの自転車チューブを使ったビーチサンダルの作り方を習った。タイヤを自分の足の形に合わせて切り、当たりのよい素材（ヘンプがお勧め）で覆《おお》ったら、チューブの鼻緒をつける。徒歩はお気に入りの移動手段だ。近ごろ、自転車すら速すぎるように感じてしまう。歩いていると鳥の声が聞こえるし、道ばたの植物を観察できる。リラックスするにも運動にもうってつけだ。しかし、歩くのは時間がかかる。カネなし生活につきものの時間的制約を考えて、よほど余裕のあるとき以外は自転車を使うことに決めたのだった。

お金のかからない二つ目の交通手段が自転車だ。当然ながら、自転車はさまざまな部品でできていて、どれかが壊れれば交換するか修理する必要がある。しかしそれは、かならずしもお金がないとできないことではない。自転車部品を持っている人と関係を作る必要があるだけだ。バーター取引がともなう場合もある。ぼくは、地元の二軒の自転車店から部品を入手している。店としては、重要部分が一か所でも故障すると、ほかにまったく問題がなくても一台丸ごと捨てなくてはならないのだ。ブレーキパッドなどの中古部品は売り物にならないため、ぼくが譲りうけなければ、まとめて埋め立て地へ送られるしかない。

他人のゴミを利用するのも実験のうちなので、自転車で物を持ちはこぶ方法を工夫する必要があった。ぼくの交通関連予算は全部で一六〇ポンドで、自転車用リヤカーに使えるお金は限られていた。探した中で一番安いのは八〇ポンドだったが、小さくて安定もよくなかった。何軒か中古自転車屋を回ったところ、親が子どもを乗せて牽引《けんいん》するタイプのリヤカーを見つけた。これなら七〇ポンドで、前に見たリヤカーよりもかなり大きい。フリーサイクル経由で入手できる可能性はないに等しいことがわかっていたので、清水の舞台から飛び降りるつもりで購入した。荷台の左右にかける完全防水のサイドバッグも五〇ポンドで買った。ライトは発電機《ダイナモ》式なら電池いらずだ。これは、最近自転車に乗らなくなった友だちがくれた。

◯通信

人とのコミュニケーションは、もちろんできるに越したことはない。今やっていることがほかの人の参考になりそうな場合は、なおさらだ。でも、コミュニケーションができなくても死ぬわけではない。ほぼすべての通信手段を断たれたとしても、カネなし生活は可能だっただろう。ただ、ぼく自身の経験を十分に知らせることができないというだけの話だ。

一九九〇年代以降、ぼくたちの生活をすっかり変えてしまったものに、携帯電話とインターネットの二つがある。電話に対しては愛憎半ばする気持ちを抱いている。友だちとのつきあいでは、会いにいって直接話すほうがいい。だけど、一年のカネなし生活について世の中に発信したたければ、どうしたって電話が必要だろう。少なくとも、最初の数週間は手ばなすわけにいかない。お金なしでどうやって携帯を使うかが問題だった。ぼくの持っていたのは基本料金のいらないプリペイド式携帯電話だが、三か月ごとに追加でチャージしないと使用不能になるおそれがある。友だちは「前もっていっぱいチャージしておけばいい」と言うが、それではカネなし生活とは言えないし「フツー」の法則にも反する。それで、チャージはせず、運を天にまかせることにした。「うまくすれば着信だけは受けられるかも」とのささやかな望みでも、ないよりはましである。

農場には固定電話があって、電話インタビューを受ける際は快く使わせてもらえた（音質の悪さゆえ、携帯電話でインタビューに答えるのをラジオ局は好まない）。「よく働いてくれているんだから、電話をかけたいときも使ってよ」とも言ってもらったが、農場にお金を払わせるのは実験の趣旨にそぐわない。なお、敷地内には無線ＬＡＮが設置されており、農場の住人たちがすでに使っていた。おかげで、フリーエコノミー・コミュニティーの活動に支障をきたさずにすんだ。

◎その他もろもろ

この実験準備期間に詳細に検討し、入手手段の確立につとめたのは、住まい、食料、暖房、エネルギー、移動の足、そして通信だった。ほかにも、日常生活のあまたある局面について検討しようと思えばできたかもしれない。まさか必要になるとはこの時点で予測できなかった物もいくつかある。しかし、そういったすべてには、起きたときに対処すればいい。実際、準備しだせばきりがないし、昔から言うじゃないか、「必要は発明の母」って。

そこで、リストをしまって肩の力を抜くと、その日から支出をなるべく切りつめる決心をした。本番に備えたリハーサルだ。いくらか練習しておいたほうがいいだろう。このときはまだ、実験がここまで注目されることになるとは予想していなかったのであるが。

第4章　無買デー前日

本番一週間前

人生の一大転機に向けて準備しているとき、人は往々にして現実味を感じないものだ。残すところ数週間となって初めて、これからの生活がどう変わるのか気にかかりだし、なぜこんな決心をしてしまったのかと後悔する。ときには、どうにかしてここから逃げ出せないだろうかと自問せずにいられなくなる。

よほど疲労困憊《こんぱい》したときに限ってだが、ぼくもそういう精神状態を経験した。カネなし生活の初日にはブリストルで「タダメシ・フリーエコノミー・パーティー」をもよおすと決めていた。廃棄食品と野外採集した食材だけを使ったフルコース料理（給仕つき）を、無料で、なるべく多くの人にふるまうのだ。問題は、当日までにやらなければいけないその他の準備で、すでにあっぷあっぷしていることだった。それなのに、こんな大仕事をしょっぱなに入れてしまうなんて、自分で自分の首をしめているようなものだ。そのうえ、一週間前だおしでカネなし生活を始めるつもりでもあった。試運転期間を設けることで、必須インフラの見おとしを発見しても、無買デー前に入手できると期待したのだ。

なかなかの名案だと思ったが、思惑は外れた。その週は街でやるべきことが多すぎて、郊外でスローライフを送るどころではなかった。試運転はたった二日で挫折し、あとは致命的な見おとしがないことを願うばかり。残りの何日かは市内のクレアの家に泊まって、実験前の平穏なひとときを一緒に過ごすことにする。つきあいはじめてまだ数週間の二人にとって、これは貴重な機会だ。街で数日過ごすことにしたのは名案だった。時間にいくらか余裕ができたし、プレッシャーもやわらいで、自分を取りもどすことができた。今後一年間はもうこんな機会もなくなるのか。そう気づいたとたん、とほうもない重圧感に襲われた。すべてを投げだして世間並みの暮らしをしたい。仲間と連れだって飲みにも行ければ旅行もできる、休みだってきちんととれる、そんなごくあたりまえの生活を——そんな誘惑にかられるのだった。

タダメシ・パーティーの準備はそこそこ順調で、捨てられる運命にあった野菜をすでに九〇キロほど、地元の有機野菜卸業者から入手していた。しかし、客が何人来るかはふたを開けてみないとわからない。ファーガスをはじめとする人気シェフの料理をタダで食べられるのだから、えらい人数が押しよせる可能性もある。食材はもっともっと必要だった。

十一月二十七日の木曜日、日が傾くころには、ぼくはすっかり憔悴《しょうすい》しきっていた。一年が始まってまた日常に戻れる日が待ちどおしかった。明日は一日休むとしよう。このところ、ろくに本も読めなかったし、いくつかやり残していることもある。おっと、最後の一杯も忘れちゃいけない。

コラム カネなしの通信手段

カネなし生活を始める前に、やっかいな選択を強いられた。金にものを言わせた工業化の産物であり、ぜいたくの部類にも入る二つの品を、はたして使用すべきか否か。二つの品とは、ほかでもない、携帯電話とノートパソコンのことだ。

悩ましい問題だった。ぼくの実験を外の世界に伝えるための道具を使わなければ、逃避したと言われるかもしれない。「あいつはわが身のことだけを考えて、社会にちっとも貢献していない」と。また、使えば使ったで、偽善者呼ばわりされるだろう。「お金と工業化を批判するくせに、その両方に依存したテクノロジー製品を使っているじゃないか」。最終的に出した答えは「使う」だった。携帯電話とパソコンを使うことで、カネなし生活についてたった一人にでも知ってもらえるならば、偽善者と呼ばれたってかまわない。

お金を使わない通信は、お金を使う場合とくらべたら不便に決まっているが、不可能ではない。相手の家が近所なら、通信費はタダだ。直接会えばいいのだから。昔ながらのこのやり方に戻らざるをえなくなったことで、ぼくが得たものは実に大きかった。とはいえ、移動が昔より容易になった現在、家族や友人が海外に住んでいることもめずらしくなく、どうしても通信のためのテクノロジーが必要になってくる。

電子メールについては、いろいろな選択肢がある。通常、住んでいる地域の図書館に行けば無料で使える。コンピューターの共同利用にもつながって一石二鳥だ。自分のコンピューターがあってインターネットにアクセスできる場合、スカイプ（www.skype.com）を使えば、世界中どこにいる相手とでも完全に無料で「通話」できる。ただし、相手のコンピューターにもスカイプがインストールされている必要がある。携帯のショートメッセージを無料で送信できるウェブサイト（www.cbfsms.com など）も多いが、注意して選ぼう。なかにはメッセージの受信者に料金を課すサイトもあって、それでは意味がない。

ただし、今述べた無料サービスにはコンピューターが必要である。自分で組み立てられるなら、部品はすべて、フリーサイクルで簡単に手に入る。ハードウェアの準備ができたら、OSとして無料のオープンソース・ソフトウェアであるLinuxを用意し、表計算、プレゼンテーション、ワープロ作業にはOpenOfficeを使う。OpenOfficeは、Microsoft Officeの全アプリケーションと互換性がある。Linuxはセキュリティーが堅固であるため、高価なウィルス対策ソフトを買う必要もない。

さもなければ、コップを二個と、うんと長い糸を用意して……

無買デー前日、二〇〇八年十一月二十八日

休みを取ると決めたおかげで、ようやく緊張がほぐれ、翌日を楽しみに待つ心境になってきた。

この日の予定はこんな感じだ。

7：00　起床。朝食をとってから、しばらく読書。

9：00　ファーガスと会う。バンに同乗して、パーティー用の廃棄野菜を探しに食品卸売市場へ。

11：00　街へ移動、パーティーのチラシを印刷し、未入手の基本装備を物色する。

13：00　昼食。
14：00　ベッドで昼寝と読書。
17：30　夕食。
19：00　クリスとスージーと待ち合わせ、二人の世界一周旅行出発を祝して乾杯する。
22：00　ベッドに入る。
22：01　読書。
22：02　就寝。

概して人生は計画どおりにいかないものだ。この世に生を受けて三十年、前代未聞の明日をひかえたぼくに、くつろぎは与えられなかった。実際の一日を追ってみよう。

7：00　起床。
7：35　もう一度起床。携帯のスヌーズ機能をオフにする。朝食をとってから、しばらく読書。
9：00　ファーガスと会う。よし、今のところ順調だ。
9：30　ファーガスのバンのバッテリーが上がっているのが判明。クソ！　まずいことになった。血圧は上昇し、不安がつのる。いっそ森の奥へ姿をくらましたい気分だ。
9：35　どうやってバッテリーを充電しても、卸売市場が閉まる午前十一時までには間に合わないと悟る。

9：50　市場が次に開くのは明日の朝五時だ。今日はあきらめて、必要な食材の六割をパーティー当日朝に調達することにする。非常に危険な作戦としか言いようがない。心配だ。

10：00　クレアの家に戻ってメールをチェック。

10：15　先日インタビューを受けた新聞記者からのメールで、『アイリッシュ・タイムズ』〔アイルランドの主要な日刊紙〕に記事が掲載されたことを知る。たいへん好意的な記事だったが、次に何が起きるかを考えて気が重くなる。

10：20　BBCラジオのブリストル支局から電話があり、明朝八時にぼくのインタビューを生放送したいとのこと。引きうけた。八時といえば、どこかで一四〇キロの廃棄食品を集めていなければならない時間だとは承知のうえで。すぐにぼくのネタがBBCのニュース欄に載るだろう。読もうと思っていた本を片づける。

10：25　BBC『ブレックファスト・ニュース』から電話。朝のニュースに出演してくれって？「ロンドン往復のタクシー代をお支払いします」だって？　実験の趣旨が理解されていないようだ。そう答えると、「では、BBCブリストル支局の衛星中継車を派遣しましょう」となった。ラジオ・ブリストルの生放送と時間が重なるが、「こちらで調整します」とのこと。どうしてこの人たちは、まだ何もしていない人間の話を聞きたがるのだろうか。

10：30　BBCラジオのブリストル支局から電話。ラジオのインタビューも同じ中継車で行うそうだ。

10：35　サウスウェスト・ニュースフィードから問い合わせの電話。よいことでもあれば悪いことでもある。つまり、今日と明日の二日間、おおぜいの人がぼくのメッセージを見聞きすることになる反面、ぼくはとてつもなく忙しくなるわけだ。

10：40　BBCラジオのウェールズ支局から電話。またしても明朝のインタビューの依頼だ。なんと、これでインタビュー三本と、無料の野菜一四〇キロの調達を、カネなし初日の朝八時前にこなさねばならなくなった。それでも、インタビューは決して断らない。生出演なら、なおさらだ。ぼくのメッセージを発信する貴重な機会なのだから。

10：45　ぼくの話題がそこかしこのニュースサイトに載っている。スカイ・ニュースも感づいて、ウェブサイト用の談話を求めてきた。ここから配信されるニュースは、ヤフーのホームページに載る可能性が高い。ファーガスのバンが故障したのはラッキーだった。

10：50　メールの返事を書きはじめるが、次々に着信があって入力が追いつかない。

10：55　アイルランドの有名ラジオ局ニューストークから電話。一本のインタビューを十分でこなす。

11：05　『インディペンデント』紙の記者が記事にしたいと言って取材の電話をよこす。記者は延々としゃべりつづけ、その間にクレアの電話が何度も鳴る。ニュースフィード配信局にこっちの番号を教えたのは失敗だったな。おかげで二本の電話がひっきりなしに鳴りつづける事態に見舞われた。ねえ記者さん、ぼくもう行かないと。

11:15　韓国のテレビで来週放映する短いドキュメンタリーを撮りたいという電話。ここ十年で韓国人は金の亡者になりさがってしまったので、ぼくの話が視聴者によい刺激を与えるにちがいないとのこと。おそらくまぬけ扱いされる内容だろうが、引きうける。『イエスマン』を書いたダニー・ウォレスよろしく、今日はすべてに「イエス」と答えてみるんだ。一年間無利子の借金を申しこみたければ、うってつけの日だよ。ぼくが金を持っていればの話だけどね。

11:20　スカイ・ニュース・ラジオからの電話でインタビュー録り。ぼくの実験が過激だと言われることに対して「この国のニュースメディア界があれほど少数の人物に牛耳られている現実[*11]とくらべたら、足元にもおよびません」なんてコメントしたけれど、たぶんカットされるだろうな。

11:25　著作権代理業者からメールで、代理人は決まっているかという打診。いいぞ、そうこなくっちゃ。実験の目的の一つは、一年の体験について本を書くことだが、代理人も出版社も探すひまがなかった。「ぜひ、よろしく」と返信する。

11:30　BBCワールド・サービスから電話。今晩十一時にインタビューしたいそうだ。予定ではもう寝ている時間であるにもかかわらず、メッセージを伝えたいという情熱と、新しく加わった「イエスと答える」ルールが、ぼくに「イエス」と言わせる。

11：40 アイルランドのRTE〔アイルランドの公共放送〕から電話。昼の12：15に生のインタビューをお願いできるか、と。

11：41 BBCラジオ第五がもう一つの電話にかけてくる。別の電話で話し中なので五分後にかけ直してくれるように頼む。

11：45 BBCラジオ第五から再度電話。イエス。

12：05 ITV〔イギリスの民放最大手〕からインタビュー申しこみの電話。明日調理することになっているカフェでお願いしたいとのこと。イエス。

12：10 携帯電話の充電が切れたのでコンセントにつなぐ。明日からはこれもできなくなるのだ。

12：15 RTEラジオ第一の電話インタビュー。めずらしくまじめな内容で、満足のうちに放送終了。

12：30 アイルランドのローカル局i105-i107fmから電話。午後3：20にインタビューの依頼。はい、いいですよ。それにしても、まったくとぎれない電話に疲れてきた。助けてくれ。

12：40 別のアイルランドのローカル局ミッドウェストFMから電話。今すぐにインタビューし

＊11 衛星放送大手のスカイは、英国の高級紙『タイムズ』やタブロイド紙『サン』とともに、「メディア王」ルパート・マードック率いる国際メディア企業ニューズ・コーポレーションの傘下にある。

たいとのこと。イエス。質問はどこも似たり寄ったりで、どうでもいいような内容だ。少しいらだってくる。

12：55 新聞やラジオの報道に驚いたアイルランドの友人たちがショートメッセージをよこす。「おい、どういうことなんだよ」。いけねえ、あいつらに話すのをすっかり忘れてた。

13：15 BBCラジオ第五から電話。今度は別の番組だ。インタビューに加えて、リスナーからの電話による質問に生で答えてほしいと言う。無買デーの夜九時半だ。もちろん、いいですよ。十三時間にわたる料理と供応のノーテンキな一日のあと、仲間と地ビールでも楽しんでいる時間だ。

13：30 ファントムFMの突撃インタビュー。こんなことならボイスレコーダーを買っておくんだった。誰もがする質問の答えを吹きこんでおけば、再生するだけでよかったのに。

13：40 BBCワールド・サービスから電話。午後五時からの番組でもインタビューしたいので、どうしてもスタジオに来てほしいとのこと。クレアの家から六・五キロの距離だ。「はい、大丈夫です」と答えたが、実のところ大丈夫ではない。ストレスだらけである。なるべくおおぜいの人にメッセージを届けたくて、あまりに多くの約束を入れてしまっていた。やらねばならないとはわかっているが、やりとげられるかどうかはわからない。

13：55 さまざまなライフスタイルを紹介するアイルランドのテレビ番組『ショーギャ』から電話。クリスマスの直後、アイルランドに来て、ぼくの経験や考えを話してほしいとのこと。海を渡るチケットと、カネ好きのアイルランド人に実験の哲学を語る機会とが、同時に手に入るかもしれない。

14：00-14：20　小さなローカル局三社からたてつづけに短いインタビューを受ける。何百万人が聴くわけでもないインタビューを断らないのは、こういうところのレポーターのほうが親身に接してくれて、温かみを感じられるからなんだ。

14：25　大急ぎで昼食。パーマカルチャー関係のイベントで一時間のトークをすることになったとのメールを受ける。今度の日曜日だ。これほど早めに教えてもらえるとはありがたい。

14：45　クレアとバンに乗って、廃棄処分される穀類を探しに出る。近所のオーガニック食品生協に行くと、賞味期限切れのポレンタ粉二三キロ、小麦フレーク二三キロ、米三二キロ、クスクス九キロをくれた。すごい成果だ。

15：20　期限切れ食材探しのかたわら、バンの助手席でi105-i107fmのインタビュー。オウムのごとく同じセリフをくりかえす自分の声にうんざりする。今思いついたかのようにしゃべろうとするけれど、これが難しい。今日一日、いやというほど、同じことを同じようにしゃべりつづけてきたのだ。熱意に欠けるという印象を与えなければいいが。だって、熱意はあるんだよ。同じ質問に飽きただけなんだ。

15：45　彼女の家に戻って、自転車で街へ向かう。

16：15　急いでチラシを印刷。

16：30　今後一年で最後の食べ物を買う。

16：45　できるうちに本を一冊買う。

16：50　BBCブリストル支局までペダルをこぐ。

17：15　ワールド・サービスのインタビュー。ワールド・サービスはいい。核心を突く質問をしてくれて、くだらない話で時間を無駄にすることがない。いっそ、一日中ここでインタビューを受けられたらよかったのに。「できなくなるのが一番つらいことは何ですか」と聞かれなかったのは初めてだ。

17：50　自転車で帰途につく。

18：05　割れたビール瓶だらけのブリストルの一角で、後輪がパンク。急がば回れ、だった。

18：25　ファーガスの家まで一・五キロ歩く。気が気でないのは、サイドバッグに詰めこんだ二〇キロの荷物で後輪のホイールが曲がりやしないか、ということ。チューブにもよいわけがない。

18：30　ファーガスと二人で（あいつの復活したバンに乗って）クレアの家へ夕飯を食べに行く。「普通」の生活最後の夜を彼女と過ごす予定。

19：00　パンクを修理しようとして、後輪の代わりに後変速機《リアディレイラー》を外してしまう。もう生きた心地もしない。はっきり言って最悪の事態だ。

19：02　ソファーを足蹴《あしげ》にする。クレアに謝罪。死にそうになって床にぶったおれる。

19:03　ファーガスが後変速機を直そうとするのをながめる。

19:10　ファーガスに言う。絶対無理だよ、絶望的。三人とも素人なんだからさ。

19:45　ファーガスが修理完了を宣言。ぼくは息を吹き返す。

19:47　ファーガスに抱きつく。

20:00　まだ抱きついたまま。ファーガスはぼくの体を引きはがすと、「夕飯は何時だ」とたずねる。

20:05　自転車を点検。前変速機《フロントディレイラー》が機能していないが、後ろのギアは問題ない。動く自転車がふたたび手に入ったのだ。

20:15　夕飯を作る。半分食べるがほとんど消化しない。パンクを修理。

21:45　半分壊れた自転車で街へ。

22:00　クリスとスージーに会う。三人分のビールを買う。ぼくにとっては最後のビールをあわただしく飲みほす。

22:40　本日最後のインタビューのために自転車で帰宅。

23:00　ワールド・サービスのインタビュー。大陸ヨーロッパ向け放送だ。アイルランド人にしてはできるだけゆっくり話すよう心がけたつもり。英語はリスナーの第一言語ではないから。ぼくの第一言語かどうかも怪しいが。*12

23:30　ポケットに残っていた小銭をクレアに進呈する。学生であるうえ、もうすぐ英国一カネに不自由な男の恋人となるわけだから、クレアは喜んで受けとる。

23：35　ベッドに入る。

23：36　眠りに落ちる。

23：36　プロデューサーを名のる人物からのショートメッセージで起こされる。アカデミー賞をとった制作会社だとはつゆ知らず、「まかしとけ、そのうち連絡するから」みたいな返事をしてしまう。こりゃ、まずかったな。

「くつろぎ」の最終日もこれで終わり、いよいよお金を使えない一年が始まるのだ。ベッドに横になっても、明日目ざめたら人生がすっかり変わっているのだと想像せずにはいられない。心に重くのしかかってくる考えを振りはらうことなど不可能だった。まだ形にもなっていない物語に対して世間やメディアがこれほどの関心を示すとは、予想もしなかった。労働過密な生活スタイルに、さらなる重圧が加わりそうだ。

＊12　アイルランド共和国の第一公用語はアイルランド語（英語は第二公用語）。かつて英国の植民地支配を受けた歴史的経緯から、今日、著者を含む大半のアイルランド人の日常語は英語であるが、民族文化の象徴としてのアイルランド語の地位は失われていない。

第5章　いよいよスタート

フリーエコノミー・パーティー

いよいよ今日からカネなし生活が始まる。

この日にたどり着くまでが長かった。ここ何週間というもの、誰と会っても聞きたがるのはカネなし実験のことばかり。ほかの話題は許されないんだ。レポーターだけじゃなくて、友だちが発するセリフも全部、最後にクエスチョンマークがついていた。「どうしてこんなことを?」「どうやって実行するつもり?」「臭くなるんじゃないか?」気持ちはよくわかるし、こうなると予想してもいたが、わずらわしいことには変わりがない。たまにはお金を使う使わない以外のことについて普通の会話がしたくなる。ようやく先へ進むことができて「やれやれ」といった気分。

八時前にすませなければならない仕事がたくさんあるので、アラームを五時半にセットしておいた。ふだんはアラームを何分も鳴らしっぱなしにしてからやっとベッドを這いだすぼくだけど、今日はちがう。一発で飛びおきた。カネなし初日で張りきっていたわけじゃない。バッテリーを節約するのに必死だったのだ。この調子でやっていきたいと思う。この一年は忙しくて、朝寝坊などぜいたくになるだろう。一番妙な感じがするのは、ポケットに何も入っていないことだ。鍵も、何週間か前に使うのをやめていた。この世界をもっと信用したいから、トレーラーハウスには鍵をかけないと決めた。正直な話、盗まれる物などたいして持っていないのだけれど。

本日一番急ぎの仕事は、百〜二百人前のフルコース料理に使う野菜の不足分を集めることだ。太陽が昇る前に、クレアと一緒に集めに行くつもりだった。クレアは、まだ食べられる食料をゴミ箱から救出する術に長《た》けている。ところが、さあ出かけようという矢先に、わが身に課したルールを思いだした。バンに乗りこむわけにはいかないのだった。ばかばかしいすったもんだのあげく、代わりにファーガスが、ガソリンを燃やす汚れ役を引きうけてくれることになる。すごいや。信条を貫いたおかげで用事をまぬがれたなんて、生まれて初めてだよ。実験が始まって何分もたたないうちに、もうぼくの人生に変化が現れたとは。そんなわけで、つかの間ながら、今後の一年について考えをめぐらす余裕が与えられた。胸のうちでは興奮と不安がせめぎあっていたが、この生活をきっと楽しめるだろうという予感もしていた。

今日一日、生活の心配はいらない。山ほどの食事とおおぜいの人に囲まれているわけだから。だけど、おそらく百五十人を超えるであろう来場者にフルコースの料理を行きわたらせること、しかもまったくお金のやりとりを介在させずにやってのけねばならないことを思うと、とても悠然とかまえてはいられなかった。初日の難しさは（少しばかりのお金があれば、五百皿のごちそうを用意するのもいくらか楽になるとはいえ）カネなし生活とは無関係のところにある。言ってみれば、一年のうち今日ほどラクな日はないはずなんだ。食うものには困らず、何かを買いたいと悩むひまさえ、これっぽっちもないんだから。ぼくの心を重くしていたのは、今日一日を成功させなければというプレッシャーだった。おおぜいの人に中途半端な食事を出したって、ぼくは満足できない。皆がこれまで味わったことのないようなうまいものを食べさせたいのだ。お金がなくても「なんとか生きられる」どころか「豊かに暮らせる」ことを証明するのが、実験の目的の一つだ。パーティーの食事がそこそこのレベルであれば、感謝されはしても、フリーエコノミー的生活に魅力を感じてはもらえない。それでは、せっかくの機会をみすみす逃すことになる。

ＢＢＣ『ブレックファスト』の撮影チームがやってきた。時を同じくしてクレアとファーガスも戻ってきたが、「プラム一個しか見つからなかった」との報告。なんてこった、あれだけ宣伝してしまったのに食べ物がないなんて。意気消沈するぼくの前で二人がバンのドアを開けはなつと、何百キロもの廃棄野菜や果物の山が姿を現す。これを見たＢＢＣチームは大よろこび。いかに大量の食品が捨てられているかという深刻な問題が、これで一目瞭然だ。一つ残らず車からおろしてインタビューの背景に使わせてほしい、ということになった。インタビューは二回に分けて行われる。二度目は、調理場へ移動してボランティアたちと顔を合わせてから二十分後だ。カネなし生活たったの二時間で、プレッシャーを感じはじめていた。自分のやろうとしていることを何百万もの視聴者に向かって説明すると、プレッシャーはさらに跳ねあがった。ファーガスには姉さん（ぼくらが友だちだとは知らない）からメールが届いた「ブリストルの男性がお金を使わずに生活するってニュースで言ってたわよ。あんたが興味あるかと思って」。さあ、もうあとには引けなくなった。

うれしいことに、フリーエコノミー・コミュニティーのウェブサイトを訪れる人がうなぎのぼりで増加し、毎分四、五人の割合で新規入会者があった。『ブレックファスト』のインタビューと、ヤフーのホームページのニュース欄に取りあげられたおかげだ。さいわい、数か月前にフリーエコノミー・コミュニティーに加わった地元のウェブ開発者マット・カンティロンが、ウェブサイトのホスティングを無料で引きうけてくれている。つまり、サイト利用者がいくら増えてもパンクしないよう対処してくれて、お金も必要ない。コミュニティーが一方的に助けてもらっているのではなく、マットもよくサイトで手伝いを求めている。前年に立ちあげた動物愛護プロジェクトのボランティア募集に利用しているのだ。彼が提供できるものとして、ホスティングはもっとも役立つ「スキル」だと思う。この関係はコミュニティーの精神をうまく表していて、マットとぼくはこの一年の間によい友だちになった。

ファーガスとクレアと一緒に予定より遅れて会場に着くと、すでにブリストル・フリーエコノミー・グループの有志が十名集まっていて、すぐにでも調理作業に取りかかれる用意ができていた。皆で食材を運びこみ、本日の料理長コリーン・ホイットマンの前に並べていく。コリーンが挑戦するのは、ＢＢＣのテレビ番組『レディー・ステディー・クック』の大規模版だ。番組に登場するシェフたちは、二十分の制限時間内に、その場で与えられた材料からとっておきの一皿を創作しなければならない。コリーンの場合も同じで、ここに来るまで、実際にどんな材料を使えるのかわかっていないわけだ。そして、おびただしい量の食材を推定百五十人前のごちそうに変身させるための持ち時間は、たったの六時間きり。

今回のような規模になると、変化に富んだレシピを短時間で組み立てるのも大変である。しかも、すべて完全菜食《ビーガン》＊13料理という設定なのだ。とは言っても、コリーンの前にはよりどりみどりの食材があった。レインボー・チャード、根セロリ、コールラビ〔キャベツの変種〕などの地場野菜から、ジロール茸などの野生キノコに、ハコベ、ナスタチウムの花、ローズヒップもそろっている。キヌア〔南米のアンデス地方原産の穀物〕、挽き割り小麦、クスクスなどのエスニック食材も山ほどあって、これらは南アフリカやニュージーランドといった遠い国からはるばる旅してきたあげくに、ブリストルのゴミ箱にたどり着いたのだった。結局、あまりたくさんの食べ物があったので、「熊の穴」（ドラッグ中毒者やホームレスがねぐらを求めて集まるだだっ広い円形地下道）まで、ボランティアたちに何度も配りに行ってもらわなくてはならなかったほどだ。しだいに人数の増える助っ人の力を借りなが

＊13　ビーガンは、ベジタリアンの中でも、あらゆる動物性食品を厳格に避ける徹底した菜食主義者。卵、乳製品などもとらない。

ら、コリーンはみごとな手腕を発揮し、一時間もしないうちに中身もさまざまなナベやフライパンが火にかけられていた。それらと並んで、ファーガスのオオムラサキシメジとワイルドガーリック（野ニラ）のスープもある。ぼくは有頂天になりすぎないように自分に言い聞かせる必要があった。今後十二か月間、毎日こんな食事ができるわけじゃないんだぞ、と。

信じられないほど万事がうまく運んだ一日だった。予想外の人たちが意気に感じて助っ人に名のりをあげ、ブリストルの誇るアコースティックミュージシャンたちもパーティーに興を添えてくれた。料理は最高の味だし、飲み物もサービスもすべて無料。客たちは自分の舌を信じられないと言って、賛辞を惜しまなかった。自給派の友人アンディー・ハミルトンは自家醸造にも凝っていて、七〇リットルのビールをボランティアたちのために差し入れてくれた。近場で摘んだヤロウ〔ヨーロッパ原産のハーブ〕と市民農園で栽培したホップを使った逸品だ。一日をしめくくるインタビューは、ほかでもない『ウォールストリート・ジャーナル』〔米国最大の経済新聞〕だった。フリーエコノミーが世間に認知されつつある、たしかな兆候と言えよう。最後の仕事を終えたぼくは、へとへとになりながらも高揚した気分のうちに、アンディーご自慢のビールに手を伸ばすのであった。

フリーエコノミーが実際にうまく機能する様子を目の当《ま》たりにし、得られた自信と満足感は大きい。よし、一年をやりぬくことができたあかつきには、さらに大規模な宴をもよおそうじゃないか。

第6章 カネなしの日常

「貧困」生活第一週

普通の変化でも不安になることがある。引越だとか転職だとか、いつもの生活スタイルを変えなければならない場合を想像してほしい。ある朝目ざめて、あと三六四日間、一ペニーの金も受けとったり使ったりできないんだと思ったときの心境をわかってもらえるだろう。子どものころは、四旬節〔カトリックの典礼で、復活祭前の節制の期間〕の三十日間、チョコレート断ちをしたり誓いをたてたりするのが本当に苦痛だった。さいわい、誓うのはタダだから、いくらでもやり直しがきいたわけだが。アイルランドに生まれ育ったせいで、歓喜と絶望の感情表現にもアイルランド流がしみついている。この一年、悲喜こもごもの日々になりそうだという予感があった。

タダメシ・パーティーの翌日、目ざめると九時だった。ぼくにしてはかなり遅い朝だ。アドレナリン全開だった数日間のつけがまわってきて、虚脱感を覚える。前日の残りの果物とパンを食べてから、講演を頼まれているパーマカルチャーのイベントに向かった。きのう、おとといは、まるでサーカスだった。本当の一年は今始まるのだ。今後、新聞とは載るものではなく、ケツをふくものとなる。

　カネなし生活はスムーズに始まり、これといった惨事もなく数日が過ぎた。時がたつにつれて暮らしが厳しくなるだろうとは、つねづね思っていた。物が壊れたり、消耗品を切らしたり、不測の事態も起きてくるだろう。だけど、初めのうちはまだ、すべてが少しずつあるので安心していられた。ほんの数日で痛感したのは、時間が一番の貴重品だということ。まず、オフグリッドの生活には非常に時間がかかる。エネルギーをオンにするスイッチは存在しない。ノートパソコンを充電するだけでも大仕事である。暗やみの中で、手回し式懐中電灯を口にくわえながら、パソコンのカーアダプターのケーブルをソーラーパネルのチャージコントローラーにさしこまなければならない。やたらと狭いものだから、プラグを正しくさすのに五分かかることもめずらしくなかった。

　時間の不足に拍車をかけたのが、肝心な最初の一週間というもの、取材やらこまごました撮影やらにあまりに多くの時間をとられたことだ。さらには、メールで寄せられる質問や意見や応援メッセージに対しても、返事を書かなければならなかった。これでは、自給自足のスローライフでもなければ、多忙な都市生活でもない。その両方だった。こうした奔流がおさまりかけたころ、『デイリー・ミラー』〔イギリスの主要な日刊タブロイド紙〕の記者が一日密着取材にやってきた。これはたいへん喜ばしい。十年前だったらカネなし生活なんぞに関心も示さなかったはずの媒体に、こうして取りあげられるようになるとは。もちろん金融危機の影響もあるだろうが、一つには、環境運動が世の中に浸透してきた証拠だ。記事はなかなか好意的でよく書けていたが、大げさな表現がなきにしもあらず。実際は「過去に影響を受けた人はガンディーです」と答えただけなのに「ガンディーにガツンとやられちまった」となっていたり。イラクサを摘んで朝のお茶を入れることを、「毎朝七時一五分、よつんばいで向かうはイラクサの茂み」だとか。ぼくはカネなしであって、イカレポンチじゃないんだけどな。

BBCのインタビューを受けると、次には『ガーディアン』とか『タイムズ』〔ともにイギリスの高級日刊紙〕がやってくるものだが、『ミラー』にぼくの見開き記事（すぐ下にはテスコ〔大手スーパーマーケット〕やブーツ〔イギリスの最大手ドラッグストアチェーン〕の広告）が載るや、それまで縁のなかったたぐいのメディアから電話がかかってくるようになった。『トリーシャ・ゴダード・ショー』*14からはクレアと一緒に出演の誘いを受けた。それが、一文なしの恋人を持つのがどれほど悲惨なことかを彼女に聞きたいって言うんだ。興味がないと答えても、何度も電話をかけてくる。ついに、「いざこざはぼくの趣味じゃないので、何を聞かれたって腹を立てたりしませんよ」と言ったところ、二度とかけてこなくなった。

*14 イギリスの民放チャンネル・ファイブの人気トークショー番組。相談者から寄せられた人間関係の悩みを、関係者への容赦ない尋問で解決する。

ほかにもいくつかの出版社から話が持ちかけられた中に、女性週刊誌があった。どんな雑誌に載ることになるのかと思ってチェックしたら、センセーショナルな記事（娘と一緒になりたくて妻を殺そうとした男の話）からさっぱりわけのわからないものまで、その内容にがくぜんとしてしまった。だけど、これこそぼくが話をすべきタイプの媒体なんだろう。『エシカル・コンシューマー』〔倫理的な消費行動のための情報誌〕や『リサージェンス』〔四〇年以上の歴史を持つエコロジー雑誌〕などの雑誌に記事を書かせてもらうのはうれしいが、どことなく、釈迦に説法といった感も残る。その点、この週刊誌の読者層には、そういうオルタナティブ志向の持ち主はいなさそうだ。

インターネットのあちこちにも、ぼくの実験に関するブログや記事がアップされた。一、二年前、この道を歩みだしたばかりのころだったら、精神的にまいっていただろうと思う。好意的なことを書かれるたびに舞いあがり、否定的な意見を目にするたびに怒ったり落ちこんだりしたにちがいない。だが、今はもう気にならなかった。フリーエコノミー運動は熱心に支持されるか反対されるかのどちらかであって、その中間の反応がめったにないことを、とっくの前に悟っていた。唯一の関心事は、自分が本当に信じる暮らしをすることであって、他人にどう思われてもかまわない。

むろん、しゃべった内容を歪曲されたり、事実とちがうことを書かれたりすれば、腹が立つ。いったん活字になったり放送されたりしたら、もう取りかえしがつかないのだから。ある大手のニュース専門局が、ぼくの国民保険料を友だちが肩がわりしていると報道したことがあった。どこでそんなでたらめを聞いたのかさっぱりわからないが、ぼくが知るかぎり、誰かの代わりに保険料を支払うなんて芸当は不可能だ。お役所というのはそんなことがまかりとおるところじゃないし、レポーターがそれを知らなかったとは到底思えない。経験から察するに、ぼくをたかり屋に見せかけたかっただけだ。

それにしても、ずっとしたかった生活をついに始めることができて、すごくうれしい。時間との闘いやストレスはあるし、解決しなければならない物理的な問題も多いけれど、それはどんな生活でも同じではないだろうか。どのような生活であれ、みずからが信じる生き方を始めた瞬間に、誰もがそれまでより健康になるはずだ。肉体的にも、精神的にも。自己鍛錬は魂を解放するものであって束縛するものではない。肩の重荷がようやく消えたように感じるのだった。

コラム 洗顔用品なしで清潔を保つ

サボンソウは天然のせっけんだ。近ごろではそれほどよく見かける野草ではなくなったが、川岸やじめじめした林の中に生えていたり、生け垣に仕立てられていたりする。栽培はいたって簡単なので、庭でせっけんを自給することだって可能だ。

節約のためなら、ドラッグストアで無料サンプルを集めてくることもできるが、ぼくは勧めない。それ自体はタダであっても、標準サイズの商品を買うよりも環境負荷が高いのだから。

ぼくのように何も使わないという選択肢もある。初めてそれを聞いた人は、たいてい身を遠ざけようとする。そこで「ワキだめし」をさせるのだ。ぼくのわきの下をひと嗅ぎすれば、清潔でいるためにせっけんは不要だと納得する。せっけんを使うのをやめてから肌の調子がずっとよくなったし、乾燥しなくなったので保湿剤も必要ない。ボディソープのたぐいは、カネなしになるはるか前に使うのをやめていた。というのも、肌に非常に悪く、毎日シャワーを浴びないとかえって臭くなるから。洗顔料と保湿剤を売っているのは同じ会社である。肌から水分と自然の油分を奪う製品を売るだけでは飽きたらず、奪ったものを返す製品も売っているわけ。

髪を切りたければ、近所のヘアサロンの貼り紙に注目しよう。多くの店では、研修生の練習台になるカットモデルを募集している。人を信頼する心も同時に求められるが。

カネなし生活の典型的な一日

カネなし生活のリズムも生まれ、一週間が過ぎるころには一日の流れがさだまってきた。ぼくはだんぜん朝型なので、五時のオート麦と誓いで一日が始まる。地元産のオート麦は肉体に力を与え、わが道徳律を列挙した誓いの言葉は精神に力を与えて、新たな一日に向き合う心がまえとなる。

文なしになったからにはスポーツジムへ通うこともない。その代わり、朝の五時二十分ごろ、腕立て伏せを百二十回する。これで体が温まり、血のめぐりがよくなる。エネルギーに満ちた体で懐中電灯を手に、野生の食べ物を探しに出かける。畑の端境《はざかいき》期で野菜がほとんどとれない「空腹の季節」の初めに実験を開始するなんて、われながらおろかな選択をしたものだ。冬に野生でとれるのは、カリン、セリ科のイワミツバやシャク、お茶にする松葉、タンポポの葉、イラクサ、各種のキノコなど。なかでも好物はキクラゲだ。紫がかった茶褐色のキノコで、耳の形をしており、ちょっとゴムのようなかみごたえがたまらない。ぼくのビーガンミートと呼んでいる。ニワトコの倒木に生えていることが多いが、ブナやニレにも生える。トレーラーハウス周辺はニワトコの枯れ木が多いので、探せばたいてい見つかる。別名「ユダの耳」とも呼ばれていて、言いつたえによれば、銀貨三十枚と引きかえにイエスを裏切った弟子ユダが首をつったのが、ニワトコの樹だったそうだ。自分で栽培したケール〔緑葉キャベツ。青汁の材料として知られる〕と紫ブロッコリーも収穫する。これらは野生ではないが、新鮮でおいしく、空腹の季節を生きぬくために欠かせない。

六時ごろトレーラーハウスに戻る。オフグリッドの生活では、電気ポットのプラグをコンセントにさしこむわけにはいかないので、ロケットストーブに火をつける。東の地平線から太陽が顔を出すのをながめ、鳴きかわす鳥の声に耳をかたむけながら、イラクサを煮出して水筒につめる。これが一日分のお茶になる。次の仕事は誰でもする食器洗いだが、誰でもするわけでないのは、屋外の簡易流し台にはった氷を先に割る作業である。この季節の早朝、ぼくの住む谷は相当冷えこむ。水は氷のように冷たいけれど、美しいながめに気分も浮きたつ。

あたりが明るくならないうちにコンポストトイレの出番だ。ぼく仕様のモデルには便座も便器もないから、しゃがむ必要がある。東洋にはよくある方式で、排便に理想的な姿勢とされている。歴史的に見ても、人類の誕生以来ほぼ絶えることなく用いられてきた排便体位である。人間の体は、近代的な便器テクノロジーと同じ速度では進化していないのだ（便器が「テクノロジー」かどうかはともかくとして）。トイレットペーパーについては、古新聞を再利用している。新聞の使い勝手は思ったほど悪くないが、適切な種類を選ぶことが肝心だ。高級紙は読み物としてはダントツだけど、あまり好みでない。ふきごこちがよいのはタブロイド紙で、こうした新聞も見方によっては実用的なんだ。以前愛用していた二枚がさねロールペーパーの快適さにはおよばないが、意外なほどすぐに慣れてしまった。一番ぐあいがよかったのは、皮肉なことに『トレード・イット』〔車、日用品などの「売ります」「買います」広告を掲載する無料の情報誌〕である。サイズもうってつけだし、紙質もそこそこやわらかい。かなり笑えたのは、ある朝『デイリー・ミラー』を破って尻をふこうとした、そのとき。写真の中のまぬけづらした自分と、ばっちり目が合ってしまった。もちろん、そのままふいたけれど、めったに味わえない自虐的瞬間だったね。

次は歯みがきだ。野生のフェンネルシードと浜に打ちあげられたイカの甲をひいて粉にしたものを混ぜて使っている。イカの甲は歯垢を落とすのに必要な研磨剤だ。フェンネルシードは息を驚くほどさわやかにしてくれるし、殺菌作用があって虫歯や歯槽膿漏《しそうのうろう》の予防にもなる。フェンネルは、普通に市販されている歯みがき粉にも配合されている。歯ブラシは、七十本入りだかのパックをスーパーのゴミ箱から友だちが拾ってきた。まったく問題のない代物で、パッケージにちょっと水濡れがあったために捨てられたらしい。ありがたく受けとることにした。これがなければ、また一つ面倒な仕事が増えるところだった。

レザーカミソリでざっと頭とあごをそる。カミソリは、革砥《かわと》でなくカンバタケというキノコで研いでいる。ファーガスから教わったベジタリアンの知恵だ。しあげにソーラーシャワーをさっと浴びる。冬なので水は凍《こご》えそうに冷たいが、シャワーであることには変わりない。翌日のために黒い袋に川の水を入れておく。

そうこうするうちに、もう七時。コンピューターを立ちあげる時間だ。起動を待つ間に（リナックスだから長くはかからないが）腕立て伏せ六十回と、一四キロのコンクリートブロックで筋トレ九十回。ここ二か月のうちにフリーエコノミーが急成長をとげ、運営業務に追われぎみだ。ウェブサイトの管理と関連の問い合わせへの対応に一時間を費やしたあと、私的なメールに返信を書く。電話をかけられないので、電子メールは二番目によく使うコミュニケーション手段となっている。一番目は、直接会って話すこと。これら一切のほか、その日の昼食と夕食を用意したら、八時半からは農場の仕事だ。

農場の仕事は非常にバラエティーに富んでいる。野菜の栽培あり、生け垣の整備あり、そうかと思うと、(皮肉なことに) ビジネスの経験を買われて、農場コミュニティーの長期的経営計画づくりを手伝うこともある。一一時から休憩時間。その間に「フリースキルのつどい」の宣伝活動。地元のフリーエコノミー・グループと毎週開催している、生活の知恵を学び合う会だ。ある週はパンやビールの作り方、翌週は土窯《アースオーブン》作り、また別の夜はコンピューターの組み立て方、というぐあい。さらに数時間せっせと働いたあと、トレーラーハウスに戻って昼食をとる。朝のうちに採集した食料のほか、前の晩にゴミ箱から集めた賞味期限切れの品もあれば、スキルと引きかえに入手した地元産の純植物性オーガニック食品もある。食事をしながら、コラムかブログ、あるいはこの本を書くようにしている。その後、また外仕事へ。

午後四時半ごろ、夕飯のしたくでロケットストーブに火をつける。薪と時間の節約のため、たいてい二日分をまとめて作っている。このコンロは燃焼効率が非常によいので、五時ごろには食事となる。ゆっくり味わいたいところだが、猛スピードでたいらげると、会合のある街へと自転車を走らす。リヤカーもつないでいく。重くはなるけれど、帰りに何がしか (食料から蒸し器まで) を拾ってこれる。三〇キロの道のりに、行きは一時間十分、帰りは一時間半かかる。街からの帰り道はずっと登り坂で、余計に疲れるのだ。

夜に会合がない日は、三十分ほどかけて薪（農場の生け垣整備の副産物）を割り、薪ストーブに火を入れる。着火に使うのは、紙くずやダンボール、麦ワラ、火打ち石と火打ち金、そして細かいたきつけだ。無事に火がついたら、二時間ほどコンピューターに向かう。九時半ごろにはなるべく外を散歩して、ぼくをとりまく静寂と自然美、それに夜風の冷たさをめでるよう心がけている。

腕立て伏せ百回がすんだら、ろうそくの明かりで読書の時間。十二月は、ビル・マッキベン『ディープエコノミー』、ヘンリー・D・ソロー『森の生活』、そしてカリール・ジブラーン『預言者』を並行して読んでいた。『預言者』は、何度読み返しても教えられるところが多い。読みながら寝入ってしまい、いつのまにかろうそくが燃えつきている夜も多いが、そうでなければ十一時に起きあがって、コンポストトイレへ小便に。部屋に戻って、街の灯にじゃまされることのない星空を窓からながめつつ、深い至福の眠りに落ちる。翌日のすばらしい十八時間に備えて、肉体と精神が充電されていく。

第7章 無謀な作戦

冬は多くの人間にとってつらい季節ではないだろうか。イギリスのように緯度の高い国々にあっては、それがいっそう身にこたえる。朝の起床時はまだ暗く、退社時間前にはもう暗いのだから、すばらしい大自然もそれほどすばらしいと思えなくなる。程度の差はあれ、季節性の情動障害（別名「ウィンターブルー」）に悩まされる人も多い。必然的に、右肩あがりの光熱費や、買い物という名の逃避に、苦労してかせいだ金をつぎこむことになるわけだ。

十一月の終わりといえば、寒い、暗い、雨が多い、の三拍子そろった季節がまさに始まろうとするころである。そんな時期に実験を開始すると宣言したときには、友人たちも、ついにぼくの頭がおかしくなったかと思った。気候の問題だけではない。十二月から三月の間は、野生の食べ物もほとんどとれなくなる。しかし、丸一年という期間を設定したのは、四季を通じてカネなしの生活を経験してみるためだ。いずれにしても冬越しはしなければならない。それならば最初に片づけてしまうのが一番だろう、とぼくは考えた。しかし、これは無謀な作戦だった。最初の数か月は、ただでさえ試練の時期である。冬という季節は、どう考えても、それをラクにしてはくれない。

うれしくないサプライズは、この冬が、ぼくが生まれて以来の記録的な冷えこみとなったこと。冬はお気に入りの季節だったんだが、それも悪天候時にはコンロとセントラルヒーティングの完備された家でぬくぬくできると思えばこその話らしい。十二月にトレーラーハウスやゲルや改造トラックの価格が下がるのには、ちゃんと理由がある。誰も外で生活したがらない季節だからだ。ぼくが住むことになったのは、ようするに見ばえのよい豚小屋である。しかも、このイギリスの厳冬の中、調理洗濯も、仕事も、風呂トイレも、すべて屋外でこなさなければならない。

娯楽

アイルランドやイギリスの人間が摂取するアルコールの量は、温暖な国の住人よりも多いはずだ。特に冬の間は、ほかにたいしてすることがないと言っては飲む。ぼくもそれを言い訳にして、以前は、日夜パブに入りびたっていたものである。二〇〇二年にアイルランドを出たのを期に、数年間酒を断ち、飲めや歌えやの日々とは遠ざかったが、その後も、冬の冷たい雨の夜などは、友だちと軽く飲みに行くのを楽しみにしていた。大きな暖炉のある店に好んで通っては、哲学を論じ、歌い、あるいはチェスをしながら、極上の酒を二、三杯飲みかわす。また、映画館へ行ったり、パソコンでDVDを見たり（二〇〇三年以降、テレビを見るのはやめた。つまらない番組についつい時間を浪費してしまうことが多かったからだ）、音楽を聴くこともあれば、友だちを訪ねることもあった。

こうした娯楽がもう許されなくなることは、初めからわかっていた。例外は友だちと会うことだが、三〇キロ離れたところに住んでいて、移動手段は自転車だけ、そして午後四時半にもう日が暮れるとあっては、それさえもかなり難しそうだった。いくら好きな友だちでも、往復六〇キロの距離を雨風にあたりながら坂道を上り下りしてまで、毎晩会おうとは思わない。

街へはできる範囲の頻度で足を向けるようにし、行ったときはよくキャシーかエリックかフランシーヌの家に泊めてもらった。三人とも、ぼくの実験に非常に協力的な友人だ。キャシーとエリックとはフリーエコノミー・サイトをとおして知り合い、フランシーヌはファーガスの元ガールフレンドだ。都市の生活モデルが本質的に持続不可能であり、そこにつきものの汚染とストレスは実に健康に悪いと頭ではわかっていながら、ぼくはブリストルの街を愛している。それは、すばらしい刺激を与えてくれる人たちが住んでいるからにほかならない。トランジションタウンなどのプロジェクトにかかわっている人も多い。トランジションタウン運動がめざしているのは、石油への依存から持続可能な生き方に移行《トランジション》することによって、打たれ強いコミュニティーを築くことである。

最初の数週間、気ばらしに何をすればよいのか途方にくれた。思いつくかぎりのすべての物に値札がついて、店のショーウィンドウに陳列されているような都市生活に、すっかり慣らされていたのだ。田舎に住んでみると、世の中から取りのこされた感じがする。それに、公共交通網の貧しさは惨憺《さんたん》たるものだ。ぼくがバスを使うわけではないのだけど、冬の間は友だちがここへ遊びにくるのにも苦労する。誰もぼくほど自転車びいきじゃないし。でも、結局、この心配は杞憂《きゆう》に終わった。気ばらしする余暇など、どっちみち少なそうだから。

パンクの問題

なるべく友だちに会いたいと思えば、自転車の走行距離は増えていく。そのうえ、効率よくゴミを集めるコースがまだ確立していなかったので、週平均で一〇〇キロは軽く上回ってしまう。大半は田舎道だが、街に乗りいれるたびにパンクするような状態になってきた。パンクはいつだってうれしくないけれども、寒さと雨にのろわれた冬の夜九時、体力を使いはたした一日のあとなどは、ますますがっくりくる。実験開始前から持ちこしたパッチの在庫は三週間で底をつき、新しいパンク修理キットを買うことはできない。とがった物が刺さらないよう、タイヤを古いリノリウムで補強したつもりが、それがぼろぼろはがれ落ちてくると、かえってやっかいなことになった。

何かいい方法がないかと探していて偶然見つけたのが、グリーンタイヤという会社だ。パンクしないタイヤのメーカーで、工場では太陽光発電を使用し、創業時のスタッフには長期失業者を雇用している。その企業理念にも感服したし、新しいチューブや修理キットのために多くの資源が無駄に費やされるのを防ぐ製品もすばらしいので、ブログで紹介することにした。ぼくはだめでも、お金を使っている人の役に立てばいい。ところが、それを読んだグリーンタイヤ社の社長スー・マーシャルが喜んでメールをくれ、「タイヤを送ってあげましょう」と言う。予想もしなかった展開。人生を信じ、見返りを期待せずに与えていれば、必要な物が必要なときにやってくる、まさにそれを思いださせられた出来事だった。ぼくは運がいい。あとパッチ一個の差で、一年間歩きどおしになるところだったのだから！

「スロー」ライフ

何をするにも時間がかかるようになったみたいだ。衣類の洗濯にしてもそう。以前なら、汚れた服をまとめて洗濯機に投入し、洗濯がすんだら取りだして、ヒーターの上に広げるだけ。[*15] 簡単なことだ。でも今はちがう。洗濯を始める前に、自分でせっけんを作らなければならない。まず、火をおこすのに使う木を街で拾って、自転車で運んでくる。次に、ロケットストーブに火をつけて適量のお湯を沸かす。そこへ、地元の閉店したエコグッズ屋から「採集」してきたソープナッツ（ネパール原産のムクロジ）を入れる。たえず古ダンボールをロケットストーブにくべながら、約一時間半ナッツを煮つめると、あら不思議、自家製洗剤ができあがる。これは普通の洗剤ではない。スーパーで買うメーカー品に劣らない洗浄力を持つうえ、はるかに環境に優しく、当然ながら動物実験とも無縁だ。大量の温水を用意することはできないので、氷のように冷たい水をはった狭い簡易流し台に、衣類と洗剤を入れる。ゴシゴシ洗うのに四十分、すすぎに二十分、ありったけの力で水をしぼってから吊り干しにする。冬の屋外では、服が乾くまでに一週間とは言わないまでも、数日かかることがある。

洗濯だけでなく、あらゆることに時間を要した。一杯のお茶をいれるのに約二十分。ときには、飲むのをあきらめたほうが気が休まる。同様に、トイレに行くのも時間をとられる。まず、あたりに人影がないことを確かめなければならない。ズボンを下ろした瞬間、コンポストトイレ近くの遊歩道を通りかかったご近所さんを仰天させるなんてことは避けたいからね。それに、地面の穴は、なぜか都合の悪いときに満杯になるようにできていて、尻の穴をかたく締めながら、十分かけて新しい穴を掘る。万一しくじって、あの洗濯手順を一からやり直すはめになりませんようにと祈りつつ。

寒くなっても、セントラルヒーティングをつけることはできない。薪割り、たきつけ拾い、紙探し、火おこしがあって、やっと火がつく。それからさらに三十分かかってトレーラーハウスが温まる。あいにく、タイマーなどというものは薪ストーブにはない。すべてが悪夢のように聞こ

＊15　イギリスの暖房は温水循環式のセントラルヒーティングが主流。各部屋に設置されているラジエーター（放熱器）に物をかけても安全なことから、洗濯物の乾燥に利用する人が多い。

えるだろうが、それはぼくの表現がまずいのだ。この生活スタイルには、不便さを補って余りあるほどの環境上のメリットがある。

カネありの洗濯に要する時間：十分。カネなしの洗濯に要する時間：二時間十五分。
洗濯機で洗う場合の使用水量：一〇〇リットル。手洗いの場合の使用水量：一二リットル。
水洗トイレの使用水量：一人一日あたり七〇リットル（米国水道協会調べ）。コンポストトイレの使用水量：ゼロ。

イギリス中の人がコンポストトイレに乗りかえたとしたら、一日あたり二〇億リットルの水の節約になる（ウォーターワイズ〔水の無駄づかい削減に取りくむイギリスの公益団体〕調べ）だけでなく、良質の肥料をたっぷりと土に返すことができるだろう。

冬季光熱費の世帯平均：四〇〇ポンド（ぼくの持続可能仕様の家まるごとよりも高い！）。
ぼくの毎月の光熱費：ゼロ（この差は、最低賃金で働く人が冬に二週間の休暇をとるようなもの）。

気がついてみたら、仕事と社交と私生活のバランスをどうとるかなんていう悩みとは無縁になっていた。あるのはただ、生活だけだ。普通の仕事でかせいだお金から月謝を払って習いごとをする代わりに、自然界からいろいろと学んだ。このあたりにいる鳥の鳴き声を覚え、リスの観察によって、インターネットとはくらべものにならないほど多くの知識を得た。キクラゲがニワトコの樹を好むこと、ニワトコ《エルダー》を燃やすのとハンノキ《アルダー》を燃やすのは大ちがい〔ニワトコは燃やすと有害〕だということも学んだ。

お気に入りの時間は豪雨のとき。天井にたたきつける雨音を聴きながら、体を濡らすことなく守ってくれるシェルターと、風の吹く中で暖をとる薪を与えてくれる木に、つくづく感謝する。もちろん、薪ストーブの製作者にも。自然との距離、自分が使う物との距離が近くなればなるほど、こういうありがたみを強く感じるようになる。断絶の度合いが大きくなれば、ありがたく思う気持ちも薄れるのだ。

やっていることがやっていることだし、世間の注目も手伝って、文章を書く機会が増えた。自然と共にある生活を夢見ていた何年もの間、ゆっくり考えごとや読書や書きものをする場所がないとこぼしてばかりいたものだ。薪ストーブの前にすわり、赤々とした燃えさしを見つめながら、木々のすきまからさす月の光に照らされる。これぞ完璧な環境だった。思考はさえわたり、街でかかっていた時間の半分で記事を書きあげることができる。

大自然の中で、避けがたい孤独感をまぎらわすだけの日々を送っていたわけではない。街で映画の無料上映会もあったし、ほとんど毎週、フリースキルのつどいに出かけていった。こうした夜の集まりはおもしろくてためになるうえ、共同作業をしているという実感を与えてくれる。

ワークショップに一〇ポンドからのお金は出せないという地域の人たちにとっても、持続可能な未来のために必要な先人の知恵を学ぶのにもってこいの場だった。フリースキルのつどいをとおして、ぼくは毎週たくさんの新しい友人と出会い、同時に新しいスキルも身につけた。ワークショップの終了後、皆で誰かの家に流れ、その日学んだことや、それを実生活にどう生かすかについて、深夜までしゃべりつづけることも多かった。これらの夕べをぼくと一緒に企画運営してくれていたのは、地元のフリーエコノミスト仲間、ルーシーとアマンダの二人だ。ぼくたちはすぐ親友になった。二人とも完全にカネなしになるつもりはないけれど、スキルの分かち合いについて非常に意欲的である。崩壊しつつある地域社会を資源の分かち合いによって立て直さなければと情熱を燃やす彼女たちからは、大きな刺激をもらった。

スローな生活には、たしかに時間がかかる。でも、「生活《リビング》」と呼ばれる部屋でテレビのリアリティー番組[*16]に時間を費やすよりは、自分自身の生活のために時間を費やすほうがずっといい。長い目で見て真に持続可能な生活を送りたければ、こうするしかない。ぼくはそう確信している。ぼくらが愛用するようになった文明の利器は、洗濯機や食器洗い機にしろ、自動車にしろ、工業化社会の産物であって、公害や環境破壊と切りはなすことができない。本当にそう思っていなければ、ぼくだって、あえてこんな面倒なことはしないさ。

唯一不満だったのは、この生活が体力的にも時間的にもどれほどきついものかを、周囲がなかなか理解してくれなかったことだ（それも無理はないと思うけれど）。スローライフとファストライフの両方を、ぼくに求めてくる。やらなくちゃいけないあれこれを全部こなしながら、週に二、三度も会合のために街へ行くとかね。数日でも代わりにやってみてよと言いたくなることもあった。しかしまあ、自分から始めたことだ。細かい点に文句をつけてもしかたがない。

コラム タダで本と紙を

本を読むことと文章を書くことは、ぼくのお気に入りの時間の過ごし方だ。特に、冬の風雨がトレーラーハウスに吹きつける中、薪ストーブの前で過ごす時間は格別である。ありがたいことに、どちらにも現金は必要ない。

本はもちろん、図書館という手がある。街から離れた地域では、移動図書館が巡回しているケースもある。ただ、図書館が万人向けであるとは限らない。決められた期限までに返却しないと罰金が科されるし、貸し出し

＊16 特殊な環境に置かれた人たちの生活ぶりを隠し撮りして放映するテレビ番組のジャンル。

期間内に読みきれない人だっている。小さい町や村では蔵書数も限られ、読みたい本が図書館にない場合もある（取りよせてもらうことはできるが）。「リード・イット・スワップ・イット（www.readitswapit.co.uk）」や「ブックホッパー（www.bookhopper.com）」などのサイトを利用すれば、いらなくなった本を読みたい本と交換できる。

ぼくは本の交換市を開いたこともある。いわば交換サイトのオフライン版で、ずっと人間くさいところがいい。いらない本を整理できて、ほしい本を手に入れられると同時に、同好の士とも出会える。ちょっと変わったところでは「ブック・クロッシング（www.bookcrossing.com）」も楽しい。どう楽しいかはサイトをご覧あれ。

筆記用紙は、街の店で使用ずみのレジ用紙をもらってくる。書きものをするのにちょうどよいし、使わなければ捨てられてしまうだけだ。また、キノコから紙とインクを作ることもできる。

第8章

カネなしのクリスマス

クリスマスはもともと、ナザレのイエスの誕生を祝う日だった。歴史の本によれば、晩年は簡素な生き方を説いてまわったという人物である。今でも昔ながらのクリスマスを守りつづける人はいる。しかし、西洋社会の大多数の人にとっては、本来の趣旨からかけはなれたお祭り騒ぎとなってしまった。今や、ほとんどの小売店にとって、クリスマスは一年でもっとも重要な買い物シーズンだ。コンサルティング会社のデロイトによれば、二〇〇八年のこの時期にイギリス人が贈り物、社交、ごちそうに費やした金額は一人当たり平均六五五ポンド。国全体では三六〇億ポンドを超える。そのうち三九パーセントがクレジット払いだった。かたや、国連の調査では、二〇〇八年のクリスマス前後の十二日間に世界中で二〇万七三六〇人（小都市の人口に相当する数）の子どもが餓死している。

昔から家族や友人とゆっくり過ごしていたはずの日が、いつのまにか多くの人にとって大きなストレス源になってしまった。『デイリー・テレグラフ』紙によると、一月八日は、離婚専門弁護士が一年のうちで一番忙しい日だそうだ。イギリスを代表するメンタルヘルス関連の公益団体「マインド」によると、二五パーセントの人がクリスマス直後にうつ状態を経験するという。原因のほとんどが、祭りの後遺症的な財政難。いろいろな意味で高くつく宴会だ。

　大じかけな広告キャンペーンに巧妙に織りこまれた「家族や友人に最大最高のプレゼントを買わなくては」という圧力が蔓延《まんえん》する中、よりによってなぜこの時期にカネなしになるのか、おおぜいの人が不思議がった。皆、いくらお金があっても足りないと思っているのに、と。たしかにちょっと妙な気もしたが、正直言って、プレゼントを買わないことはそれほど苦でなかった。友だちはぼくの取りくみを知っていて、最初から何も期待していない。ぼくへのプレゼントも買わないでくれと頼んだから、けちでやっているのではないとわかってもらえたと思う。甥たちのことは気になるが、マークおじさんがなぜサンタクロースのように気前がよくないのか、話して聞かせるよい機会だろう（トナカイとソリで世界中を旅するサンタは、カーボンフットプリント〔人間の生活や経済活動による環境負荷を、二酸化炭素の排出量で示す指標〕の超優等生だ）。

　それよりも気がかりだったのは、愛するふるさとの家族と共にクリスマスを過ごせないかもしれないことだった。ぼくが記憶しているかぎり、ほぼ毎年一家そろって親戚を訪ねてクリスマスを一緒に祝うのを楽しみにしていた。倫理的に生きようとするがために母さんを悲しませなければならないのだろうか。ひとつ望みをかけていたのが、あの怒涛《どとう》のような実験開始前日、アイルランドのテレビ局から受けた一本の電話だ。昼間のライフスタイル番組『ショーギャ』のインタビューにきてほしいという打診だった。司会は、アイルランド一セクシーな女性に選ばれたグローニャ・ショーギャ。デラックスなバーター取引である。ゲストには十分間の出演とひきかえに高額のギャラが支払われるとのことだが、これはぼく向きでないので丁重にお断りした。往復の飛行機と、空港までの列車やバスの費用も持ってくれるという話だった。二〇〇六年以降飛行機には二度と乗らないと決めているぼくは、行くとしたらフェリーしか使うつもりはないと答えた。必要最低限な分だけを受けとる原則にのっとれば、列車やバスのチケットさえも度が過ぎる。

十二月に入ってしばらくたっても、『ショーギャ』は可能性の一つでしかなかった。ほかの方法として、一番近いアイルランド行きフェリーの発着所があるフィッシュガード〔ウェールズ南西部の港町〕まで自転車で行き、そこでヒッチハイクして大型トラックに乗せてもらい、向こう岸に着いたら北西めざして自転車をこぐことも考えた。しかし、今どきのトラックはなかなかヒッチハイカーを乗せてくれない。保険がいろいろと面倒なのだ。[*17] 考えれば考えるほど、この案は実現困難だと思われた。お金があってもかなり難しいことを、カネなしでこの季節に実行するのは危険きわまりない。

＊17　輸送会社などに雇用されているドライバーは、ヒッチハイカーを同乗させると、事故の際に補償を受けられなくなる。

クリスマスが近づいたが、これといった帰省の手だてはなかった。この暮らしにつきつけられた限界に対して、不満がつのる。ところが、もう望みはないとあきらめかけたそのとき、RTEから出演依頼の電話が来た。往復のチケットを電子メールで送ると言う。これで、アイリッシュ海の横断という唯一の障害が片づいた。ほかはカネなしで何とかする自信があったが、アイリッシュ海だけは泳いで渡るには広すぎる。陸上の移動は、ブリストルからアイルランド北西部まで、すべてヒッチハイクにしよう。うまくいけば二日で着くだろう。さもなければ、クリスマス当日、車の往来がとだえた幹線道路を、食べ物もテントも持たずに、ひたすら北へと歩きつづけているかもしれない。電話すら通じないのだ。残額ゼロのプリペイド式携帯で、しかも海外では、着信を受けることもできやしない。

準備の時間は限られていた。食料が一番の問題だ。たっぷり三日分を集めておいたほうがよいだろう。ヒッチハイクでどれだけの時間がかかるかわからない。何時間も待つことだって（まだ一度も経験はないが）ありえる。フィッシュガードまでは車でたった四時間ほどの道のりだが、日没前、つまり午後四時半前後に向こうに到着する必要があった。暗くなれば車に拾ってもらうのが難しくなるし、どんな道で降ろしてもらうかによって危険もある。街の反対側で降ろされてしまうかもしれないのだ。今までで最悪の経験がそれで、重いバックパックを背負って、地図もなく、次のヒッチハイクポイントまで何キロも歩くことになる。

十二月二十三日、余裕をみて午前十時半に出発する。つかまえるフェリーは、フィッシュガードを翌朝二時にたつ便だ。クリスマスイブ前日の旅立ちは、実験としてはおもしろい。出発前に考えたのは「古きよきクリスマス精神は健在だろうか」ということだ。人びとはぼくを見て助けようと思ってくれるだろうか。それとも、あまりのストレスと忙しさで、道ばたのヒッチハイカーなど目に入らないだろうか。

ぼくのヒッチハイク経験から言えるのは、前向きな精神状態でいる必要があるということだ。自信と率直さ、楽天的で陽気な感じがボディランゲージから伝われば、拾ってくれる車を見つけるのに造作はない。逆に、気分がいまひとつのときは、誰も見向きもしてくれないものだ。気分をもりあげて笑顔をつくり、路上へ出た。ヒッチハイクの冒険は好きだから、難しいことではない。バスや列車ではA地点で乗ってB地点で降りるとあらかじめわかっていて、その間に人と話をする機会などめったにないが、ヒッチハイクでは何が起きるか予測がつかない。不確実な点さえ気にしなければ、旅本来のわくわくする楽しさを取りもどせるのだ。

前向きな心がまえが効いたらしく、フィッシュガードまでは五時間弱でたどり着いた。自分の車で行ったのと、たいして変わらない。その代わり、がらんとしたフェリー発着所で約十二時間過ごすことになった。一人ぼっちですわっていると、飛行場のあわただしさや、格安航空券がフェリーに与えた影響について考えさせられる。まるまる半日、静かに本を読むぜいたくが味わえるのはありがたいが、ありがたくないのは、そこが非常に寒かったこと。テレビ室があり、誰かがドアを開けて入ると自動的に暖房がつくしくみになっていた。しかし先客はいない。自分で決めたルールに照らすと、その部屋に入ることはできなかった。入っていけば、ぼく一人だけのために暖房がついてしまうから。待っている間、ドアのほうをちらちらと見ては、あそこに入りさえすれば冷えきった体も温まるのに、と思いながら過ごした。こんなとき、自分はやはり極端すぎるのかとも考えさせられる。しかし次の瞬間、モルディブのような海抜の低い国々で海面が上昇しつつある光景が目に浮かび、本のページに視線を戻すのだった。

発着所の係員がやってきて「そこの部屋は暖かいですよ」と言い、わざわざテレビまでつけに行ってくれる。ぼくがその場を動かないので、どうして部屋に入らないのかとたずねる。何と答えればよいのだろう。本当の理由を説明したら――「部屋に入らないのは気候変動のためなんです」――狂っていると思われるだろうか。それとも、すばらしい考えだと感心してくれるだろうか。どうせわかってはもらえないという不遜な決めつけから、「お申し出はありがたいけれど、ぼくはここが落ちつきますから。いや本当に」とボソボソ答える。不思議そうにぼくを見ながら、彼は去っていった。真夜中ごろ、乗客がもう一人現れ、まっすぐこの豪奢な部屋に入っていった。十台の電気ヒーターがつく音と、そちらへ向かうぼくの足音が同時に響く。どうせ暖房がつくのであれば、それを最大限活用したほうがいい。そう自分を納得させた。

ロスレアまで三時間半の船旅で、三十分ほど睡眠をとる。フェリーでは、飲み水の問題に直面した。バーかトイレで調達できるだろうとたかをくくって、ボトルを満タンにしておかなかったのがまちがいだった。レストランの料理人から、蛇口の水には消毒薬がたっぷり注入されていて、とても飲めたものではないと警告された。ボートで暮らした経験もあったのに、われながらうかつだった。すでに脱水症状ぎみであるところに、水なしでヒッチハイクを始めなければならないとは。水の補給場所が見つかるのは、少なくとも五時間先になりそうだ。

クリスマスイブだった。ぼくの持ち時間は十二時間ほど、アイルランドの南東の端から北西沿岸までは約四八〇キロの距離だ。ほとんどの長距離ドライバーが使うルート、つまり高速道路では、通常六時間半で行くが、あいにく、このルートは危険で使えない。高速道路でのヒッチハイクは法律で禁止されている。途中で降ろしてもらうこともできないし、出入口では成功することもあれば失敗することもある。そこで、もっと細かい道を行かねばならず、それはすなわち、短距離を何回も乗せてもらわねばならないことを意味するのだった。

車の先回りをしようと脱兎のごとくフェリー港を飛びだしたぼくは、よさそうな場所を探して結局一・五キロ以上走ることになった。ロスレアは本当に静かな町で、フェリーで到着した車が走り去ると、通りはほとんどからっぽになる。ぼくが乗ってきたのは、クリスマス前の最後の便だった。このフェリーから降りてくる一団を逃したら大変だ。しかし、ぼくはついていた。大型トラックが数キロ先の絶好の場所まで乗っけてくれた。幸先のよさはその日一日続いて、一番長くても十分待ちですんだのだった。

午後三時半には実家の玄関をノックして、母さんを仰天させた。クリスマス前に到着する望みはないと思っていたそうだ。ロスレアからの所要時間は九時間を切っており、自分の車で来て途中休憩を二度とったのと変わらないぐらいだ。人間という生き物には、ふだん耳にすることは少ないけれど、実にすてきな一面があるようだ。ブリストルからアイルランドのドニゴールまで、全部で十五回のヒッチハイクだった。格安航空券との比較結果は上のとおり。

	時間	料金	冒険度	快適さ
ブリストル-ドニゴール間（カネあり）	8時間	55ポンド（飛行機） 25ポンド（バス）	低	高
ブリストル-ドニゴール間（カネなし）	29時間	0ポンド	高	低

この表が物語るように、ぼくたち人類は冒険を便利さと交換してしまったのではないだろうか。

車に乗せてくれた人たちのタイプを観察するのは実に興味深かった。車種はそろいもそろって人並みだ。金持ちになればなるほど、分かち合いたくなくなるということか。ほとんどのドライバーが、自分も若いころはヒッチハイクをしたので気持ちがわかると言っていた。話を聞いていると、そのうちの何人かは、今でももう一度路上に立ってヒッチハイクの冒険を味わいたがっているようである。車を所有している事実をほとんど苦痛と感じているらしき人もめずらしくなかった。車に乗っているのは決まってドライバー一人だけだったが、さまざまなタイプの人がいた。通説とは逆に女性のほうが多い（だいたい四人に三人は女性だった）。夜勤明けで八〇キロを運転して帰る女性は、いねむり運転防止のため、ヒッチハイカーを見かけたらかならず拾っているとのこと。十年間、ただの一度も問題は起きていないそうだ。

心からうれしかったのは、車を降りてから、水をつめたばかりのボトルを置きわすれたのに気づいたときのことだ。それはぼくの持っていた唯一の水筒で、すでに十二時間、ろくに水分をとっていなかった。なくしてしまったら、ゴミ箱をあさってペットボトルを探しだし、どこかのトイレで水をくまなければならない。一時間後、別の車から降りたところへ、水を置きわすれた車がやってきて止まった。ドライバーの男性は、ボトルを返そうと、四十分もぼくを探しまわってくれたらしい。ぼくがカネなしで生活しているという話を聞いて、さぞや大切な物だろうと思ったのだ。彼は、ナイトクラブの外でけんかをして二年間刑務所に入り、出てきたばかりだと話していた。その彼がこうして、見ず知らずだったぼくに水筒を返そうとかけずりまわってくれた。世の中には「善人」も「悪人」もないという信念が裏づけられた出来事だった。誰もが、限りない親切と寛容を実践することもできれば、人を傷つけることもできるのだ。進化途上にあるぼくら人間にとっての課題は、前者を最大限に発揮し、後者を最小限に抑えることである。

また別の男性は、数週間前にぼくの出演したラジオ番組を聞いたそうだが、それがまさに、ぼくを拾ってくれたあたりを運転していたときだという。事のなりゆきにすっかり感激した彼から、南部のウォーターフォードにある自宅に滞在して、新しい家を建てるのを手伝ってくれないかと頼まれた。カネなしの間にもう一度アイルランドに来るチャンスがあったら申し出を受けようと約束した。車に乗せてくれた全員がそれぞれに魅力的で、その人ならではの話題を持ち、地元の事情に通じていた。そしてほとんどの場合、お互いに何かしらを学んで別れたのだった。

コラム

ヒッチハイクのコツ

第一に場所、第二に場所、第三に場所だ。場所のよしあしが、五分待ちと二時間待ちの明暗を分ける。ドライバーの目に留まりやすく、車の流れが時速七〇キロ未満で、安全に停車するための時間とスペースを確保できる場所を探そう。命の危険をおかしてまで君を拾おうとするドライバーはいないのだから。

楽しげな顔をしよう。ゆううつそうにしている人間を同乗させたがるドライバーは少ないぞ。にっこり笑ってフレンドリーに。

明るい色の服を身につけよう。清潔でとっつきやすく見えたほうが得だ。あらゆる天候に対応できる服装を用意しておこう。

荷物は最低限にまとめよう。

ルートを頭に入れておこう。コースを調べておき、高速道路は避けること。高速道路でのヒッチハイクは、ほとんどの国で違法とされているし、難しい。ホワイトボードに行き先を書いて見せる人もいるけれど、ぼくはそこまでしない。

自分の直感を信じよう。乗せてもらうのに不安を感じた場合は、あたりさわりのない言い訳をして辞退すること。とはいえ、過度に怖がることもない。ぼくは子どものころからヒッチハイクをしているけれど、トラブルに遭遇した経験はない。ただし、男女の差を考慮しなければならないケースもある。

落ちこむのはやめよう。車が止まらずに行ってしまうたびに落胆したり、止まってくれないドライバーを批判したりしないこと。目的地にたどり着くために不可欠なのは、前向きな姿勢だ。

いろいろな意味で、ヒッチハイクは人生になぞらえることができるね！

現金を持たないクリスマスとは

家には帰りついた。次は、一切何も買わずにクリスマスシーズンを過ごす方法を考えなければならない。友だち連中はふだんから酒好きだが、クリスマスともなればギアがトップに入る。この年のクリスマスはまた特別だった。旧友のバリーが結婚するというので、独身さよなら《スタッグ》パーティーが十二月二十七日に開かれる。アイルランドならではの盛大な飲み会となるのは、誰の目にも明らかだった。

カネなし生活を始める前のぼくは、アイルランド男のつねで、バーに行けば率先して仲間の分もビールを買ったものだ。男だけのスタッグナイトであるからには、ぼくの中のアイリッシュ魂が「最高のビール一杯とテキーラのダブルを全員におごれ」と命ずる。それなのに、パーティーの主役の分はおろか、自分の飲む酒すら買えないとわかっていながらバーに行かなくてはならない、その気まずさといったら……。あれこれ気に病んでいたのはぼくだけで、仲間はいいやつばかりだった。「人にたかるための実験じゃないから」と断っても飲ませようとする。いくら辞退しても無駄だった。気がつくと、六歳のころからの親友マーティーが、オーガニックのリンゴ酒を三杯もぼくの前に置いていた。お返しにグローニャ・ショーギャの番組でおれの名前を呼んでくれよと言う。酒とステータスのバーターというわけだ。

夜がふけるほどにますますバツが悪くなる。パブを出たあと、友人たちはぼくのタクシー代を払うと言いはるし、バリーのやつときたらぼくのナイトクラブ代をおごると言いだす。ここは一線を引かなければならないところだけれど、なかなかわかってもらえない。友だちの好意にタダ乗りする結果になるのはいやだが、一緒に行って祝いたい気持ちもある。結局家に帰ることにしたが、今にして思えば意気地《いくじ》なしの選択だった。友だちの独身最後の夜を共に過ごすよりも、たかり屋だと思われたくないという欲望を優先したのだから。

人づきあいの場でこういう気まずい状況におちいったのは、これが最初ではない。ブリストルでも何度か経験していた。知人と外出するたびに、「一杯おごらせてくれるかい」という会話が始まる。ノーと答えてもしつこく勧めてきて、ついにぼくがイエスと言うと、「そうか、自分では買わないけれど、おれには買わせるんだな!」とくる。そこでぼくは、また「ノーサンキュー」となるわけ。これがお決まりのパターンで、ふざけて言っているだけなのだが、ぼくの男としての自尊心がじゃまして、笑ってすませられない。スタッグパーティーは一番極端なケースで、このときばかりはカネなしになったのを後悔した。

クリスマス当日の目ざめは妙な感じだった。一年間とってもいい子にしてたから、サンタさんが最新のビデオゲーム機を持ってきてくれてたらいいな。ソーラーパネルのついたやつを。でも、枕元の靴下はからっぽだった。心底すがすがしい気分だ。去年までぼくたちは、思いつくかぎりで一番不必要でつまらない物を贈り合っていた。中身を見るのが待ちきれないふりをしながら何重もの包装を解くと、ありふれた靴下セットだの電動足もみ器だのが現れる。

ぼくの家族は全員がカトリックで、叔父は地域の重責をになう神父だ。だから、食前にはかかならず祈りをささげることになっている。この習慣をすばらしいと思う理由は、ほかでもない。食べ物がどこから来るかについて、各自が考える機会となるからだ。皆がお祝いのごちそう（メインの七面鳥とビーフにローストポテト、つづいてゼリー、プディング、ケーキのカスタードソースがけ）に舌鼓を打っている横で、一人つつましいたくわえを食す。内容は、ここ四週間の夕食とほとんど変わりない。自分で持参した食料が中心だが、母さんと父さんが近くの有機農家から根菜を入手して蒸してくれた。たっぷりの芽キャベツを、ぼくは堪能した。

理解のある家族を持って幸せだ。親戚たちも、そんなにしてくれなくてもかまわないのに、一生懸命ぼくに合わせようとしてくれる。普通の家だったら、面倒ばかり起こして困った息子だと思われていただろうが、ぼくは、愛情ぶかく協力的な人びとに囲まれていた。このクリスマスがすばらしかったのは、家族と過ごす時間が増えて、それをお互いに楽しんだことだ。これまでだったら、二日酔いになるまで飲んだり、一月のセールやら、自由になるお金があるときにしかできないような遊びやらで散財していた。お金がなければ、シンプルな遊びをするほかない。毎日二、三時間は、海沿いの散歩や、ビーチテニスや、森の探検をして過ごした。それ以外の時間は、すわって話をしたり、トランプをしたり。三十年前のアイルランドではこれが普通だったのに、ケルトの虎〔九〇年代後半から二〇〇〇年代にかけての急激な経済成長〕に食いつかれた昨今では、なかなか見かけない光景になってしまった。

アイルランドでは体を洗うのに難儀した。ソーラーシャワーは持ってこなかったが、正直言ってそれは気にならない。冬にはたいして役に立たず、冷水を体にふりかけるためのしかけにすぎなかった。こちらに滞在中、最良の選択肢はどうやら大西洋らしい。しかし、例年になく冷えこんだクリスマスであったため、毎日という気分にはなれなかった。

初めの一週間は、一度も体を洗わずにいた。ようやく、気分もあらたに新年を迎えようというときになって、身を清める決心をしたぼくは浜へ向かう。この時期のアイルランドとしては当然のことだが、凍えるような寒さだった。海に入っていくときが、水中にとどまりつづけるよりも難しい。まず体を温めるために運動してからでないと、服を脱ぐ気にもなれない。そうして裸になったら、いよいよ海へとダッシュする。こういうのは、まっすぐ飛びこんでしまうのが一番だ。が、言うは易く、行うは難し。腰まで水につかるや、飛びあがってしまった。しかし、これはこれで意外に気持ちよく、熱いシャワーよりもずっと爽快な気分だ。肌をなでる海水はびっくりするほど清らかで、青空から降りそそぐ太陽が、西風の冷たさをやわらげてくれていた。周囲の緑の丘や山々が浜辺と溶けあい、これ以上美しいバスタブは到底想像できない。たしかに寒いし、非常に使い勝手がよいとは言えないが、このすばらしい環境と、自然と共にある感覚は、それを補って余りあるものだった。人間は、自然の力に身をさらす経験を、快適さと引きかえに手ばなしてしまったように思う。ピンク・フロイドのロジャー・ウォーターズが歌ったとおり、われわれは「心地よいほど麻痺《コンフォタブリー・ナム》」してしまった。

買わない暮らしは、どんなに体によくても、あまり経済のためにならない。この生き方が雑誌で喧伝《けんでん》されることは決してないだろう。雑誌に載るのは、「あなたもいつかこうなれるかもしれない」モデルだ。そう、モデルが手にしている製品を買いさえすれば、あなたもきっと。何百万ポンドが投入された長年にわたるプロパガンダを、人びとの心から消しさるのは難しい。冬は週に一度しか体を洗わなかったし、せっけんも使わないんだと言うと、人は顔をしかめて「うぇー」という声をもらし、「汚いとか臭《くさ》いとか感じないの」と聞く。そのたびに、せっけんがいかに不必要かを説明するのだけれど、ショックで耳に入らない様子なんだ。

もう一つ言っておくと、せっけんを使いたくない人、ひんぱんに体を洗いたくない人は、有機栽培された新鮮なビーガン食をとることだ。健康な人の汗は、塩水とそう変わらない。体内にゴミを入れれば、必然的にそういうにおいを発することになる。肉と乳製品（どちらも特にこの作用がひどい）をやめて以来、自分の体のにおいが全然ちがうことに気づいた。せっけんを卒業したければ、この二つの食材を避けるか減らしてみよう。ビーガンでいれば、皿洗いに台所用洗剤を使う必要もない。洗剤が必要なのは、サルモネラやカンピロバクターなどのバクテリアが付着している可能性がある場合だけなのだ。イギリスの食品企画庁によると、これらのバクテリアによる感染症増加の一因には、家畜の飼育と食肉処理の劣悪な環境がある。

コラム 環境負荷の小さい移動手段

今では、車や電車などの交通手段はまったくのぜいたくとは考えられていない。仕事に行ったり、世界のあちこちに住む家族や友人に会ったりするため、そして食べるためにだって必要だ。イギリスの二酸化炭素排出量のうち二一パーセントが輸送に起因している。気候変動による深刻な混乱を回避するためには、解決策を早く見つけることが重要だ。

解決策のいくつかは、すでにある。「リフトシェア（www.liftshare.com）」や「カーシェア（www.carshare.com）」などを利用すれば、同じ方角へ行く人どうしが一台の車に同乗できるようになる。オンラインで管理されたヒッチハイクのようなものだが、より安全で、より確実だ。「シティー・カー・クラブ」などのプロジェクトも役に立つ。乗っただけ払うシステムで、自家用車を持つよりもずっと金銭的な負担が小さい。複数の人が一台の車を共有して必要なときだけ使うことによって、総生産台数も削減できる。加えて、目的地までの経路をリフトシェアに登録して同乗者をつのれば、さらに環境のためになる。

ヒッチハイクが過去の存在となりつつあるのは非常に悲しいことだ。

三十年に一人くらいの割合でヒッチハイク中に殺される事件が起き、それがメディアでセンセーショナルに取りあげられると、その後長いこと、ヒッチハイクをする人もいなくなってしまう。ヒッチハイクは心おどる冒険だ。その土地のことをよく知っているすばらしい人たちと出会い、ときには、まったく行くつもりのなかった場所をめざすことになる。ぼくの思い出に残る旅では、かならず親指を立てていた。

徒歩と自転車は、ぼくにとって一番リラックスできる移動手段だ。自然な運動にもなるから、スポーツジムのお金だって節約できる。友だちには、車に乗ってジムへ行き、自転車マシンをこぐこと四十五分、また車で家に帰るというのがいる。そいつらに言ってやるんだ。「ジムの会費とガソリン代、自動車税や保険料も、全部払うのやめれば」って。自転車でジムまで行って、中に入らずに帰ってくればいいんだよ!

ウォーキングとサイクリングの楽しみを追求し安全性向上につとめている団体を二つあげておこう。「ランブラーズ・アソシエーション(www.ramblers.org.uk)」、そして「サストランス(www.sustrans.org.uk)」だ。

おおみそか

西側世界のほぼ全域において、十二月三十一日とは、人間の許容限度ぎりぎりまでのアルコール消費を意味する。実のところ、アイルランドでは、人間の許容量を超えてもまだ消費されつづけるのだ。

今まで、おおみそかの過ごし方はこんな感じだった。朝起きて簡単に朝食をすます。友だちに電話してパブに行く。ぼくは覆面警官なんかじゃないと店の主人を説きふせて、十時前には飲みはじめる。[*18] しかし、それはお金を持っていたときのことで、今年は話がちがってくる。うんとしょぼいパブでさえ、おおみそかの夜には入場料をとるらしいし、格安ナイトクラブのチケットは二〇ポンド以上するうえ、ドリンク代もはねあがる。バーテンダーの顔を拝むための金さえないぼくには、ドリンク代の心配など無用だけど。うちの両親までパーティーに出かけてしまい、友だちも例年どおり街へくりだしたが、ぼくは家にいることにした。スタッグパーティーのときのようないたたまれない思いはもうごめんだ。二〇〇八年が終わろうとするころ、ぼくはベッドに横になって、この本を書きはじめた。

これが予期せずして吉と出た。体内の水分を一滴残らず奪われ、締め具にはさまれた頭を後ろからゴムハンマーで何度もなぐられたあとのような、あの二日酔いに悩まされずに新年を迎えた

*18 アイルランドのパブの開店時間は、平日は午前十時半以降と法律で定められている。

のは、これが初めてだった。早朝に家族で散歩した、ひとけのない砂浜の目のさめるような美しさ。さびたノコギリでこのいまいましい頭を切りはなしてくれと願う代わりに、これからの一年について楽しい思いをめぐらしながら歩く。これはいい。お金があろうとなかろうと、今後も、おおみそかはこうやって過ごすぞ。

例年、元旦の朝一番には、今年やる（というかやめる）と決めたことを脚の長さほどもリストアップするのが習慣だった。だけど今年、これ以上手ばなすとしたらいったい何があるだろう。残された物は多くない。食べ物か、水か、はたまた酸素か、それとも希望か。その希望を取っておくため、年頭の誓いは取りやめにした。さすがにもう十分だろう。

冷蔵庫への帰還

いつのまにかクリスマスシーズンは終わり、ブリストルに戻らなければならないときが来た。こんどは途中下車が必要だった。『ショーギャ』でこれまでの経験について話をするという交換条件を清算するためだ。この取引で、先方はずいぶん得をしている。ぼくはタクシーの申し出を断らざるをえなかっただけでなく、出された食べ物にも手をつけられなかった。オーガニックでも国内産でもないのはもちろんのこと、ビーガンですらなかったからだ。

インタビューはスムーズに進んだ。司会のグローニャ・ショーギャは熱烈なぼくの支持者というわけでもなかったけれど、それはしかたがないことで、彼女を責めたりはできない。半生をかけてテレビ界のはしごをのぼりつめ、高額のギャラを手にできる地位をつかんだのだ。ぼくの話は、そういう彼女の生き方が倫理にもとると言っているように響いたかもしれない。なごやかな雑談と、すでに何万回と受けた「手ごわい」質問に続いて、グローニャは別の角度からの質問をぶつけてくる。「「銀行に千ポンドの預金がある人は、エリトリアで飢えて死ぬ一人の子に対する責任を逃れることができない」と発言なさっていますが、ボイルさんもお金をかせいで、それを発展途上国の支援団体に寄付すべきではありませんか」。口元に微笑が浮かんでいる。「人びとを貧困状態に押しとどめておいて、あとで利益の一部をひもつき援助だの世界銀行やＩＭＦの融資だのの形で供与するような、そんなシステムの中でお金をかせぎ、そのしくみを支えるなんて、まったくばかげていますよ。シェルとかエッソがグリーンピースや地球の友〔ともに国際的な環境保護団体〕に一万ポンド寄付して、自分たち企業がしでかしている破壊のあと始末を支援するようなものです。そうするくらいなら最初から破壊しないほうがいいですよね」。そう答えてから、急いでつけくわえる。「いや、もちろん、どうしてもお金をかせいで、国をあげて恵まれない人たちを踏み台にしようというのであれば、できるだけ多くの額を支援団体に寄付すべきだと思いますが」

世界有数の石油会社に名ざしで言及するやいなや、グローニャのつけているイヤホンにプロデューサーからの指示が飛ぶのがわかった。この二社はＲＴＥのスポンサーである。インタビューは唐突に打ちきられてしまった。察するに、大広告主である両社の悪行をほのめかすような発言はよしとされなかったのだろう。それに、政治的な話に深入りしすぎるのは、火曜の昼下がりのライフスタイル番組にふさわしくないと判断されたのかもしれない。

インタビューのあとは、ロスレアに戻って、帰りのフェリーに乗るだけだ。行きのヒッチハイクで運がよかったと喜んでいたら、帰りはもっとラクだった。フィッシュガードで車の先まわりをするためにフェリーを駆けおりて、ふだんなら選ばないような場所で親指をあげたところ、二分もたたないうちにドイツへ向かうトラックに拾われた。方角が同じだっただけでなく、ぼくの行き先から徒歩で五分と離れていない地点を通ると言う。残念な気持ちも半分あった。冒険がこれで終わり、新しい出会いがなくなることを意味するのだから。もう半分ではうれしかった。長い旅だったが、今晩はまちがいなく暖かいベッドで休めそうだ。

この冬の最大の難所——海外で過ごすカネなしの休暇——はこれで終わったと思っていた。ところが、帰りついた先は、何週間と続く雪と氷の中だった。街では、工業的なゴッゴッした線が雪によってやわらげられて、生活環境が自然に近づいたように感じられ、田舎では、丘や谷が巨大な白い毛布で覆われる。そんな雪は好きだけど、生活はずっと厳しくなった。

二週間というもの、主要道路以外の田舎道は雪に覆われたり凍結したりしたままだった。地元自治体で路面にまく砂が不足したためだ。この状況では車の運転もままならないのだから、ましてや自転車は危なっかしいことこのうえない。だが、ぼくの食と廃材集めは自転車に大きく依存している。一日中歩きまわるつもりでないかぎりは。

たくわえは数日で切れたので、新しい方法を探さなければならない。薪については、最初、トレーラーハウス入り口の階段の土台として使っていたパレットをばらそうと考えた。しかしそこで立ちどまって、自分のやろうとしていることについて反省する。数日間の暖をとるためにわが家の一部を燃やそうというのか。これこそ人類の所業そのものだ。ごく短期的な目的のために資産を消費している人間。その目的の多くは、暖をとるよりずっと必要性が低いのだが。結局、階段には手をつけることなく、自転車で薪探しに出ることにした。デコボコに凍結した一、二キロの道のりを二、三度走ったけれど、その上でしりもちをつくと信じられないほど不快だということを知るのに時間はかからなかった。

ほかの何よりも、とにかくクソ寒かった。ほとんど毎日、昼間でも氷点下の気温で、夜になればマイナス六℃まで冷えこんだ。谷間の地形ではますます寒さが身にしみる。住んでいるのは、言ってみればブリキ缶だ。薪ストーブをつければ平気だが、夜遅く帰ってきてまっすぐベッドに入りたいときなど、ストーブをつける意味がない。朝になれば氷の中にいるようだった。目ざめると掛けぶとんの外側が凍っていたなんてことも、一度ではない。トレーラーハウスの断熱材はおそまつで、たとえ夜ストーブをつけて寝たとしても、薪が燃えつきて三〜四時間すれば元の寒さに戻ってしまっただろう。これ自体は特に深刻な問題ではないけれども、その中を朝五時に起きだすのはかなりつらかった。

第9章 空腹の季節

　安価なエネルギー、効率のよい輸送、真空パックのそろった世界の食生活は、一年中が夏である。冬の一番日が短い時期でさえ、グレープフルーツ、パイナップル、トマトまでが地球上のどこかしらから数日以内に届く。しかし、十八世紀に産業革命が起きる以前、大部分のイギリス人は国内で生産された物を食べて暮らしていた。ぜいたく品の砂糖と香辛料だけが、遠い国から運ばれてきていたのだ。一月から三月にかけて、食料は夏より乏しかった。国内で育つ作物は限られるし、食料を外国から取りよせることのできる人など、まずいなかったからだ。

　カネなしのぼくも、一七〇〇年代のイングランドの食生活に戻ることになった。自家栽培の食材で一月から三月までを乗りきるのは可能だが、そうすると、ほとんど毎日同じ物を食べるわけだ。地産地消で行けば、基本となるのはじゃがいもなどの根菜類と、大麦などの穀類に限定される。大麦は食べる人があまりいないが、「イギリス人の米」だと言っていいほど、おいしくて栄養価も高い。冬に地産地消をつらぬくのは難易度が高そうに思えるものの、そういう食事に期待する気持ちもどこかにあった。自分で育てたり探したりした食べ物には、世界中の香辛料でもたちうちできない、特別な風味がある。われながら意外なほどに、たちまち夕食が心からの楽しみになった。蒸した野菜を一種類ずつ口に入れると、野菜それ自体の味とともに、イギリスの冬のにおいが広がるんだ。

十二月から二月にかけての豪雨は計算外だった。農場の川の近くにはビニールハウスがあった。イギリスより温暖な気候が要求される農産物の栽培に使用する廉価版の温室で、大きさのわりにガラスの温室ほどコストがかからない。ハウスについてはちょっと複雑な思いがある。プラスチック製品である以上、生産時のエネルギー消費や環境汚染をまぬがれえない。その一方で、年間を通じた食料生産が可能になるから、外国から輸入しなければならない量は減る。つまり、化石燃料の使用をうんと減らせるわけだ。この国に住む六千万人超を、ハウスを使用せずに一年中養っていくのは、少なくとも今の時点では現実的でない。冬の間、この近代的温室は、ぼくにとって栄養価の高い新鮮な食べ物の宝庫だった。二日間の集中豪雨で川が氾濫《はんらん》し、ハウスが深さ九〇センチの浸水に見舞われるまでは。洪水そのものによる被害はたいしたことがなかった。だけど、過去数年にわたり、川にはさまざまな汚染物質が流入していた。川の水を飲めないというだけでなく、もうハウスの野菜を安全に食べることすらできなくなってしまったのだ。何か月もかけて、耕し、植えつけ、草とりをしてきたのに……。

イギリスを含めた世界の大部分には、不自然なシステムが存在する。蛇口から水が出るとなれば、川の汚れを本気で心配する人はいなくなる。ほとんどの人にとって、自分が飲む前には汚染が除去されてきれいになるのだから。洪水は自然現象である。気候変動のせいで増えたと断言することはできないが、イギリスでは二〇〇四年以来、洪水の発生数が増えつづけ、その被害も深刻化するばかりだ。気候変動による洪水リスク研究の第一人者であるティム・オズボーン博士の試算では、豪雨が三日以上続く頻度が、一九六〇年代の二倍に増えている。常識的に考えても、この地球をないがしろにすればするほど深刻な結果を招くのではないだろうか。

　この洪水には苦労させられっぱなしだった。自給しようにも、別の畑にはほんの数種類の野菜が残っているだけ。不幸中のさいわいは、その一つがケールだったことである。年間を通じて一〇〇パーセント国内産の食事をしようという野心家にとって、なくてはならない、丈夫でたくましい作物だ。栄養価も非常に高く、冬の畑でも成長を続ける。ハウスの作物が失われたので、代わりの食料調達方法を探さなければならなくなった。ということは、時間と自転車移動がさらに必要になってくる。食品ゴミの摂取と、バーター取引の割合を、予定より少し増やさねばならない。バーター取引に際しては、「オルタナティブ」な環境派だけでなくさまざまな層の人を相手に、幅広い種類の仕事をするよう心がけた。ペーテル・ホルバートというハンガリー人の仕事をしたことがある。彼は、バージーやパコーラ〔どちらも南アジアの野菜フリッター〕などのエスニック惣菜を、ブリストルの食料品店に卸している。五時間働いたら、三十個以上もファラフェル〔中東のひよこ豆コロッケ〕をくれた。おまけに一週間以内に食べてくれと言う。この量は、ぼくの健康的な食事の概念からはほど遠いが、産業革命以前の庶民であれば、この季節にあるまじき大盤ぶるまいを受けて感謝感激したにちがいない。また、街のオーガニック食品生協で雑用を手伝ったのも有意義であった。街の住人とも田舎の人ともかかわりを持つようにして、どこに住んでいたってカネなしになれることを証明したいのだ。

コラム

食料の野外採集

大自然の中であれ都市近郊であれ、食料採集は誰にでもできる。ただし、最初はなんらかの手ほどきを受けたほうがいいし、慣れてきても十分な注意を払うようにしたい。野生の植物には中毒を起こすものもあるからだ。初心者には次の三点をお勧めする。

リチャード・マベイ著の小型本『無料の食べ物（*Food for Free*）』。

ReaditSwapit.co.uk などの図書交換サイトで手に入れよう。

食料採集講座の受講。お勧めはwildmanwildfood.comの講座だ。
情報収集にはSelfsufficientish.comなどのフォーラムを利用しよう。

エネルギー枯渇の季節

オフグリッドで暮らしたこともなく、ごく平凡な家庭に育ったぼくは、当然ながら、ボタン一つでエネルギーがいくらでも手に入るかのような生活に慣れきっていた。冬は日照時間が一番短くなる。その季節をまるまる太陽光発電だけで過ごすのは、興味ぶかくもあれば、しょっちゅうもどかしい思いをさせられる経験でもあった。

おかげでエネルギーに対する認識が改まり、もはや無限だとは考えられなくなった。実験開始当初、メディアから高い関心が寄せられたため、雑誌や新聞に寄稿する機会が多かった。これがバッテリーに大きな負荷をかけ、しょっちゅう充電を切らすはめになる。いらいらして他人にやつあたりすることもあった。エネルギーは使いたいときに使いたいだけ手に入るものではなく、使いたければ作りだす方法を探さねばならない。そう思い知らされるのは、まさしく試練だった。

一つの対策として、まずペンと紙で下書きすることにした。あとからパソコンに打ちこめば、考えている間にソーラーエネルギーが切れてしまうのを防止できる。と言っても、ペンや紙を買うわけにはいかないので、そっちの解決も必要だ。選択肢は二つ。エコロジカルだが時間のかかる一つめの方法は、キノコからインクと紙を作ること。作り方は以前にファーガスから習った（カネなし生活を考えている人は、ぜひとも彼と友だちになるといい。知識の幅もすごいが、その知識を人に分け与えようとする熱心さもハンパじゃない）。しかし、書かなくてはならない量を考えると、たびたびこの方法を実行するだけの時間もキノコもない。そこで、二つめの手段の廃物に頼ることにした。

紙は簡単だった。紙ゴミの分別収集箱からA4サイズの紙をもらってくるのだ。ほとんどの紙は片面しか印刷されていない。もう片方の面を使ったら、収集箱に戻すか、火をおこすときに利用する。紙の両面に印刷するだけで、驚くほどのちがいが出る。職場における紙使用を減らすワークショップを開いている米国ニューレルム社のアシュリー・スティーブンによると、米国内の職場で廃棄される紙のたった一年分で、カリフォルニアからニューヨークまで高さ三・六メートルの壁を築くことができるという。一トンの紙ゴミ（ニューヨークの弁護士一人が一年に使う紙の量）をリサイクルすれば十七本の木を切らずにすむと聞けば、一人一人の紙の消費を少しずつでも減らすメリットは無視できない。

捨てられたペンを探すのは、紙ほど容易ではなかった。そこに行けば見つかるという場所があるわけではなく、運まかせになる。ペンやライターは、おそらくこの世で一番粗末にあつかわれる製品だろう。かつて働いていた職場にはほんの数人のスタッフしかいなかったが、ペンをどこかに置きわすれるたびに新しいのをおろすので、安物のペンを月に一箱使っていたものだ。それを逆手にとって、公園のベンチの下や遊歩道に落ちているペンを拾いあつめる。もちろん、友だちのソファのクッションのすきまからも、使いかけが見つかった。世界中で通用する解決法ではないが、現に物が無駄になりかけている以上、代替品を作る前にまずある物を利用するのがスジではなかろうか。

ソーラーパネルと古きよき手書きを併用して、ときにののしり声をあげながらも、どうにかすべての執筆の約束を果たした。ただし、ソーラーパネルの問題はほかにもあった。実験への関心は二月頭まで衰えず、取材の電話がひきもきらなかった。あまりかかってくるので、携帯電話のソーラー充電器では対応しきれない。しょっちゅうパソコン経由で充電しなくてはならず、さらにパソコンとバッテリーのエネルギーを消耗することになった。

おもしろいことに、二月半ばになると、それほど電話がかかってこなくなった。何か月もの間、ショートメッセージや着信履歴があっても返事をできずにいた。ぼくがカネなし生活をしていると知っていながら、特にジャーナリストが、「折りかえし電話をください」なんて言う。かんべんしてよ。いったいどうやってかけ直せと言うのだ。それでたびたび連絡がつかないでいるうちに、世の中から忘れられていったようだ。自分にはこう言いきかせた。「別に、わざと無視されているのではない。ぼくが毎週会うわけでもない人に「まだ生きてますよ」と知らせつづけることができなくなったせいなんだ」と。せめて、そうであってほしいけれど。

メディアの関心が沈静化し、冬が過ぎさるにつれて日が長くなったことも手伝って、この問題は自然に解消してしまった。一年のうちもっとも厳しい季節が終わった。どれだけ待ちのぞんでいたことだろう、ゴム長をはいたり脱いだりにかける時間が減って、木陰にねそべって読書する時間が増えるのを。陽光のもとで自転車を走らせるのを。それに、春の訪れとともに感じる胎動と清新な香気を！

コラム キノコで紙とインクを作る

○紙

裏側が白くてやわらかいカンバタケを探す。湿っていても乾いていてもよいが、乾ききってカチカチになったものは使えない。また、かたくなったアミヒラタケも使える。大きく育っていても、虫食いがあってもかまわない。

試作用を含めて多めに集めておこう。中くらいのかご一杯分から、Ａ４サイズの紙なら十五〜二十枚作ることができる。

汚れている石づきの部分を取りさり、キノコを細かくきざむ。水または植物染料（ベリー、葉、根など）と混ぜて、壁紙用ののりぐらいのゆるいペースト状にし、トレーに流しこむ。

紙すき用のアミと型枠を使って、パルプをアミの上に平らにすくい上げる。そのまま五分間、水を切る。

アミを目の細かい布の上にひっくり返して置く。スポンジで全体をやさしくたたいて水分をとる。途中、スポンジを何度かしぼりながら続ける。

タオルをかぶせて、全体をしっかり押さえつける。

布を動かさないようにして、注意深くアミをはがす。完全に乾いてから紙をはがして、できあがり。

○インク

ヒトヨタケを集め、皿の上に三〜五日ほど、溶けて液状になるまで放置する。

液を目の細かい布でこしたあと、半量程度に煮詰める。

色（草木やベリーの汁を使う）や濃度を変えて、いろいろ試してみよう。

1.お茶の時間

2.イラクサ採集

©Jose Lasheras

3.薪ストーブ
トレーラーハウス内の
暖房器具。
©Jose Lasheras

4.ブラックベリー採集

5.ロケットストーブ
業務用オリーブ缶2個で作った、ぼくの調理器具。
3章のコラム「ロケットストーブの作り方」を参照。

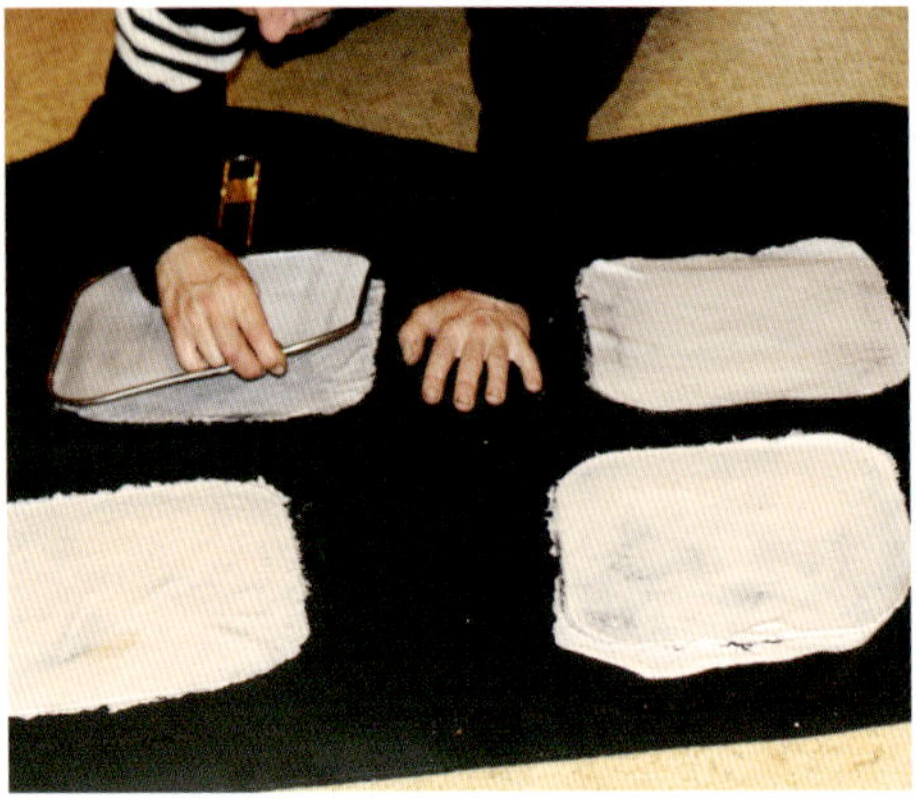

6.キノコで紙を作る
9章のコラム「キノコで紙とインクを作る」を参照。

7.カンバタケ
紙の材料。

8.フリースキルのつどい
パンやビールの作り方、コンピューターの組みたて方など、
生活の知恵を無料で学び合う。

第10章 春の到来

昔のぼくは、季節の移りかわりに本当の意味で気づくことなく過ごしていた。街で生活していると、このすばらしい変化の兆候を読みとるすべをなくしてしまうんだ。一方、自然に囲まれて暮らしていると、その特性にずっと敏感にならずにはいられない。季節の変化には魔法のようなところがある。ちょうど、地平線からちらっと顔をのぞかせた太陽が夜の終わりと朝の始まりを意味するように、冬が終わったと感じる、その瞬間を特定できるのだ。

それは、二月の最後から二番めの木曜日、最後の雪がとけた七日後だった。これといった理由もないのに、いつもよりうきうきした気分で目がさめる。朝の七時十五分、本を読んでいると、一筋の陽光がカーテンのすきまから突然差しこみ、窓のすぐ外にかわいらしい歌声を聞いた。歌声はやがて、途方もない大合唱に変わる。鳥たちが一冬中、ぼくだけのために練習してくれていたかのようだ。その朝、実験開始以降初めて、長靴をはかずに外を歩いた。Tシャツを脱いで、ショートパンツをはこうかとさえ考えた。ほんの一週間前までは、トレーラーハウスが雪におおわれていたというのに。

農場を歩きまわれば、花が咲いていた。スノードロップ、シャクナゲ、ラッパスイセンも顔を見せている。ぼくにとっては春の化身だ。でも、タネツケバナとユーフォルビアまで出ているのが気になった。普通なら、三月より前に見かけることはない花だ。二〇〇五年の春以来、毎年少しずつ早く見かけるようになってきたことに、ぼくは気づいていた。自然界において数週間といえば長い時間だ。この早咲きの傾向は、気候変動の表れの一つである。

その日は、夕飯のしたくに懐中電灯を使わなかった。六時を過ぎているのに、である。これも実験を開始してから初めてのことだった。何をするにしても今までよりラクになる。そう思うと小躍りしたくなった。日が延びて暖かくなっていくと想像するだけでも、生まれ変わったような気分である。しかし、ぼくの心を何よりもときめかせたのは、新たな旬の始まりだった。もちろん冬野菜も大好きだ。カボチャ、セロリ、紫ブロッコリー、かぶ、スウェーデンカブ、にんじん、サトウニンジンなどは特にうまい。それに、じゃがいもが嫌いなアイルランド人などいるわけがない。これらの野菜は土の香りを放ち、どっしりしていて、冬の寒い夜に体を温めてくれる。だけど、もう春がやってきたのだ。生命力と活力が自分の体に戻ってくるのがわかる。

そこで、新たなニーズに合わせた食事がしたくなる。高熱で調理して栄養素を破壊するのはしのびない。体は生の食べ物を切実に欲していた。ありがたいことに、イギリスでは春にローフードの旬が始まる。冬の間は、輸入食品に手を出さないかぎり、生食できるものは少ない。それが今や、野生のクレソンにワイルドガーリック、きゅうり、レタス、ルッコラなどが収穫できるようになっていた。生きている喜びを味わえる季節がめぐってきたのだ。三月を迎えるころ、自然界から新たな活力が与えられるなんて、うまくできている。自給生活者にとって、春はもっとも忙しい時期だから。中でも、まっさきにやらなければならない重要な仕事に、薪の確保がある。

斧をふるって

春になったらまっさきにやらなければならない仕事と言われて、薪集めを思いうかべる人はなかなかいない。やっと寒さを抜けだして、薪ストーブの出番も当分なくなろうというときだ。

しかし、春に種をまかなければ秋に食べる物がないのと同じで、暑い夏が来る前に木を切って保存しておかないと、あとあと家を暖めることができない。よく燃える薪にするには、寝かせる必要がある。伐採されたばかりの丸太を見ればわかるように、内部には水分がたっぷり含まれている。春から夏にかけてじょじょに乾燥させると、秋には良質な薪となるわけだ。カネなしの一年が経過したら街の生活に戻ることがはっきりしているならば、わざわざ準備したりはしない。街では薪の使用が厳しく規制されているから、もてあますだけだ。だけど、カネなし生活を十一月末までやり通せたとして、そのあとも続けるかどうか、春先の時点ではまだ決めていなかった。そこで予防原則にのっとって、とにかく手を打っておくことにしたのだった。

冬の間はあわただしさにかまけていて、本格的に木こり仕事に着手したころには二月も残り少なくなっていた。ボランティアで働いていた農場には、何年もほったらかしの荒れ地があって、伐採時期を過ぎた木がひしめいている。つまり、ぼくの使える薪がたっぷりあるということだ。フリーエコノミー・コミュニティーのウェブサイト内にある「ツールシェア」のシステムを利用して、必要な道具を借りた。どの持ち主も喜んで貸してくれたが、ぼくはちょっぴり落ちつかない気分だった。普通、借りる側には、万一のことがあったら新しいのを買って返せるという腹がある。ぼくにはその手が使えないのだ。だから、借りた道具を駄目にしやしないかと気が気でない。まあ、必然的に細心の注意を払うようになったのだが。

伐採対象の樹種や成長段階によって、必要な道具が異なる。伐採するときは、若木を地表面近くまで短く切りつめる。そうすれば、手ごろな薪が手に入るのと同時に、萌芽更新をうながすことにもなる。ハシバミなどの若い萌芽枝には、ナタ鎌（ナタの刃先をかぎ状に曲げたような伝統的手道具）を使うのが一番てっとり早く、きれいに切れる。もっと細い木なら、高枝切りばさみ（長い柄の先にはさみが付いているもの）と剪定《せんてい》のこぎりがよい。育ちすぎた木には、弓のこがもっとも使いやすかった。これらの道具すべてを、ブリストルとバースのフリーエコノミー・コミュニティー内で調達することができた。

道具一式をひっかついで行き、切りもどすのに適した木を選ぶのが、毎朝の一番仕事になった。一日のうちでもお気に入りのひとときだ。谷あいの東の地平線から太陽が顔をのぞかせる時刻が日ごとに早まり、丘を歩きまわるぼくの足もとにうっすら降りた霜をとかしてゆく。頭上で鳥たちが歌声を競い合うさまはテレビの歌謡オーディション番組さながらだが、歌唱力が人間とはけたちがいである。人間が目をさましたのを察知して、賢いウサギらがぼくの菜園から垣根の陰に逃げこむ。さすがに、ぼくが肉を食わないことまでは知らないらしい。

森林の伐採は、当然ながら評判が悪い。人類は憂慮すべき速度で木を切りつづけている。大気中に増えつづける二酸化炭素を吸収するには、もっともっと木が必要だというのに。でも、家のまわりに生えている木を自分たちの熱源として利用するだけなら、ノルウェーからのパイプラインや、戦火に傷ついた国々からの燃料輸送に頼るよりも、ずっとエコロジカルなのだ。気候変動の最悪の結果を回避するためには、フードマイレージ〔食料が消費者に届くまでの輸送距離〕を減らすだけでなく、燃料マイレージについても考えはじめる必要がある。

木をひととおり切ったら、だいたい昼飯前に次の仕事にかかる。丸太を小さく割って、早く乾くようにする作業だ。木の種類によって乾くまでの時間もまちまちだが（トネリコだけはすぐに燃やすことができる）、一年あればたいてい足りる。ところが、ぼくには一年待つ余裕がなかった。在庫がほぼ尽きていたので、六か月で一定量を使える状態にしなければ、実験の終盤に死ぬほど寒い思いをすることになる。斧で割った薪は、スペースの許すかぎり室内に運びこんで、ストーブのわきに積みあげた。暖かくなるまでの残りの数か月、そこで乾燥させるのだ。残りは防水シートにくるんで、夏の日ざしで乾かせるようになるまで保管しておく。毎日、前の晩に使った分だけの薪をシートの下から取りだしては、室内に移動させた。

一月の雪の記憶は、信じられない速さで薄れていった。二月後半の二週間、かなりの時間を費やした屋外での薪集めは実に楽しかった。バレンタインデーを上半身裸で薪割りをして過ごすなんて、生まれて初めてだった。残念ながら、近くにいる女性はといえば、ゆうゆうと牧草を食《は》んでいる牛たちだけ（「残念」なのはぼくにとっての話で、向こうはいたって満足そうである）。クレアははなっから、ぼくが忙しくて遊びになど行けないものと思っているし。薪を割っていると、心の奥底深くに今も息づく原初的な何かが呼びさまされる。「パートナーを養わなくちゃいけないオスの本能だね」と女友だちには言われた。そうかもしれない。だが、そっちの方面は、カネなし生活三か月にして、あまりうまくいかなくなっていた。

恋愛問題

お金を使わずに暮らすと聞いてまっさきに思いうかぶのは、物質面での困窮だろう。しかし、それは現実の苦労の半分にすぎない。一年の実験では、「サバイバル生活」に自分が順応できるかを試すだけでなく、カネなし生活が精神面や感情面に与える影響についても解明したいと思っていたのだ。正直言って、そちらの面では非常に苦しかった。最初のうちは特に。

クレアとつきあいはじめたのは、実験開始の直前だ。彼女はぼくの試みに積極的に賛成してくれたが、環境地理学の学位取得をめざして大学に通いだしたばかりで、学費を捻出しなければばならない事情もあり、自分までカネなしになるつもりはなかった。つきあう前から、ぼくが多忙な一年を送ることを知っていたし、喜んで協力すると言ってくれた。けれども、現実は口で言うほど簡単ではない。カネなし生活自体のあれこれに、メディアの注目が重なって、ぼくはつねに忙しかった。カネなし生活に必要な家事や仕事をしているとき以外は、それについて書くかしゃべるかしていた。この一年はモーターつきの乗り物に乗らないという決意も災いした。

たしかにばかげた決意ではあった。クレアはよく海岸まで犬を散歩に連れていった。海岸は六〇キロ以上離れていて、自転車で行けるような距離ではない。いずれにせよ彼女はそこへ行くのだから、同乗していって一緒に楽しい時間を過ごすのが、大人のやり方だったのだろう。だけど、ぼくは石油に関して意思表明をする必要を感じていたし、身近な人たちには特にわかってもらいたかった。そのぼく自身が石油を使いつづけていたら、説得力に欠ける。当然のなりゆきとして、二人の関係には緊張が生じた。彼女の目にぼくのこだわりは「やりすぎ」とうつり、実際それはそうだったかもしれない。それでも、ぼくは自分の理想にそむくことができなかった。

知らず知らずのうちに、ささいなことで衝突するようになった。小さないさかいの陰には、さらに大きな問題が隠れているものだ。ぼくらには互いを思いやる気持ちがあったし、ぼくが広めようとしている生き方を彼女も支持してくれていたが、実際のところ、ほとんどの物質的財産を手ばなした相手とのデートは、ロマンチックな期待には到底そぐわなかった。通常の貨幣制度に片足を残しておかなければならない彼女にとっては、なおさらだ。春になって、ぼくの時間的プレッシャーも高まる一方だった。まさに種をまこうという時期に、いきなり雑草が勢いを盛りかえす。そんなこんなで、四月半ばにクレアとぼくは別れることにした。どんな別離でも同じだが、しばらくの間はつらい思いをした。夏の収穫に向けて種をまいているはずの日々を、悲嘆にくれて過ごす。実験なんかきれいさっぱりやめてしまって、理想のいくばくかを犠牲にしても、週末は愛する女性とのんびりベッドで過ごすべきなのだろうか。そう自問しつづける毎日だった。けれども、カネなしだったおかげで、普通よりは早く立ち直ることができた。なにしろ汗かき仕事を再開しないことには、六月以降の収穫がほとんどなくなってしまう。

この生活の皮肉さが浮き彫りになった出来事だった。ぼくのことを気にかけるどころか会ったこともない人のためにばかり時間をさいておいて、多忙を言い訳に、自分にとって本当に大事な人をないがしろにしていたなんて。個人的に深く愛する（たいていは両手の指で数えきれる範囲の）人に対する責任を果たしながら、西洋の暮らしのとばっちりを被っている人びとと地球のために最善を尽くすには、どうバランスをとったらよいのだろう。

春のさなかの別れには、まだほかにも不都合がある。夏はロマンスの季節。なかなか日の暮れない夕方の時間は、恋人と過ごすのにうってつけだ。ぼくは、史上最悪の条件をひっさげて恋人募集市場に舞いもどることになった。

交際相手を求む

マーク、二九歳、ブリストル在住。

独身の白人男性。国籍アイルランド。カネなし、車なし、テレビなしの無職（状況改善の見こみ薄）。持ち家あり（全長四・三メートルのトレーラーハウス）。カネなし生活を好み、国内産有機食品とパーマカルチャーに関心を持つ独身のビーガン女性と会いたし。ユーモアのセンス抜群、モデル並みの容姿。週末はディナーのスキッピングにお連れします。夕方の雑草とり、夜明けのソーラーシャワーをご一緒しませんか。

0845 HOPELESS、マークまでお電話ください。

自分自身の生き方は、非常に個人的なジレンマも突きつけてくる。ぼくはこういう生き方を選びとったけれど、今後もこの生活を続けていくと言った場合、それでもぼくとつきあってくれる女性がいるだろうか。すべてがうまくいっているときでさえ、好きになる相手を見つけるのはけっこう難しいものだ。食生活の似た相手としかつきあわないベジタリアン、ビーガン、ロカボア（自分の住んでいる場所から一定距離内でとれたものだけを食べる人）たちは、自分の主義がいかに将来のパートナーの選択の幅を狭めているかを知っている。ましてやカネなし生活を志向しているとあっては、どれほど大変なことか。よく冗談めかしてそう言うのだけれど、実際その点をまったく気にしていないと言ったら嘘になる。カネなし人間だって恋をしたいんだよ！

さらに条件の悪いことには、昔のぼくの誘い文句はもう使えない。以前なら、気になる人がいれば「飲みに行こう」と誘って、ワインでもお茶やコーヒーでも飲みながら話をするのが常套手《じょうとう》段だった。だけど、酒はまだ仕こんでいないし、近所の喫茶店にダブルエスプレッソを飲みに行くわけにもいかない今、よく思われたい女性にごちそうしてあげられるのは、摘みたての野草茶しかない。

二杯のお茶

春は野草茶がうまい季節だ。ぼくの好きなのは、なんと言ってもイラクサとヤエムグラのお茶。味もさることながら、どちらも家の入り口階段横に生えているのがありがたい。このお茶には、栄養素と抗酸化物質が豊富に含まれている。鉄分、カリウム、マグネシウムの含有率が高いうえ、その他の微量ミネラルも摂取できる。

ほとんどの人にとって、お茶のいれ方にはいろいろなバリエーションがある。ミルクを入れるか入れないか、砂糖はどうするか、お茶の濃さにしたって、いくらでも変えられる。しかし、お茶をいれるまでのプロセス全体について、選択肢は二つしかない。一つは、「まとも」なお茶のいれ方。圧倒的多数の人間がまともだとすれば、その人たちがこうしてお茶をいれている以上、当然これが「まとも」なんだろう。さもなければ、ちがうやり方をしているはずだから。手順は次のとおり。

1　インドの人に紅茶を栽培してもらう。お茶の木を植えて、雑草をとり、収穫し、乾燥させたあと、インド国内の卸売業者に売りわたす。ただし、この収入で生計を維持するのは、（フェアトレードでないかぎり）日増しに困難になっている。
2　飛行機または船で、イギリスまで六五〇〇キロの距離を輸送する。
3　大型トラックで、イギリスの卸売業者または中央倉庫に輸送する。
4　小型トラックなどで、倉庫から自宅近くの小売店に輸送する。
5　店主に九九ペンスを支払う。これまでにかかわった人数を考えたら安いものだ。
6　家に持ってかえる。コンセントにさして、電気ポットの水を沸騰させるよう送電網に命じる。
7　マグカップを用意してお茶を楽しむ。たとえば、家でテレビを見ながら。あるいは、カフェの外で行きかう車をながめながら。
8　お茶に含まれているカフェインで目がさめる。

9 疲労感を覚えだす。短期的な原因は、カフェインの効果が切れるためだが、長期的な原因は、タンニンのせいで特定の栄養素を吸収できなくなるためだ。

10 お茶を尿で排泄する。トイレ経由で、排出された毒素と栄養素が上水道設備に混入する。

しかしながら、お茶をいれるにはもう一つ方法がある。まともな多数派が選ばないという意味で、「異常」な方法と呼ぼう。春以降、ぼくはこうしてお茶をいれていた。

1 周囲にふんだんに生えている茶葉をひとつかみ摘む。都合のよいことに、ぼくのお茶はロケットストーブから三メートル以内に自生している。

2 ロケットストーブをたいてお茶を沸かすため、近くに落ちている木ぎれを拾う。

3 採集した木を使ってロケットストーブに火をつける。イラクサとヤエムグラを水に入れて沸騰させ、約十分間煮出す。

4 待っている間にマグカップを用意し、まわりの美しい景色をながめる。

5 マグカップにお茶を注ぎ（一部はあとで飲むため水筒につめる）、自然の中で味わう。

6 爽快な気分になり、体には鉄分、カルシウム、マグネシウム、抗酸化物質がたっぷり補給される。

7 コンポストトイレに排泄し、将来の作物のための肥料を活性化する。

たとえば、店でわざわざ高いお金を出して乾燥イラクサのティーバッグを買う一方で、春には栄養豊富な生のイラクサの除草に自分たちの市税を使わせているなんて、どうにも理解に苦しむ。もう一つよい例がある。ブリストル市内に住んでいたとき、近所の巨大スーパーマーケットの入り口にはローズマリーが勢いよく茂っていた。ところが、その前を通って店内に入っていく人たちが、同じハーブを乾燥させて小さいビニールパックに詰めたものを、高い値段で買っているのだ。ぼくらは、周囲にいくらでも存在する無料の食品が目に入らなくなってしまったのだろうか。それとも、あまりにも自然環境と縁遠い暮らしをしているために、スーパーの陳列棚に並んだパッケージの中の「自然」しか見えなくなったのだろうか。

野生のお茶は無料であるうえ、はるかに健康によい。特に、摘みたての葉を一晩かけて抽出すれば最高だ。こうすることで、新鮮さと薬効成分が保たれる。野生のイラクサ茶は、食事前に飲むと消化が促進されるだけでなく、皮膚、頭髪、爪のためによく、肉体疲労時の強壮剤としても最適である。カネなし生活では体が資本だから、健康維持は大切だ。

富と健康は比例するのか

冬の間はもちろん、春が終わるころまで、友だちや家族はぼくの健康を案じてばかりいた。無理もないことだ。それまでのように栄養価の高い食品は買えないし、たとえ病気になっても薬のお金がない。生き残れるかどうかは自分の体次第という、生まれて初めての状況に置かれたからには、ぼくの肉体的健康は特に重要だった。五月に入るまで、母さんは、息子の生存確認のために、毎週アイルランドから電話をよこした。しかし、記録的な寒さの冬を乗りきって春までやりおおせたという実績によって、周囲の人も、これは生きて帰ってこれそうだと納得してくれたみたいだ。

イギリスという国の実にすばらしい点の一つは、無料の国民医療制度である。しかし、今年のぼくは納税しないので、制度の世話にはなりたくなかった。過去七年間、一度も医者にかからず保険料を払いつづけてきたのだから、仮に制度を利用したところで寄生者のそしりは受けないと思うけれど。健康に関しては、先手を打つのが一番である。なるべく質のよい食べ物と飲み物を摂取していれば、健康状態を維持できる可能性もそれだけ大きくなるはずだ。当初は、ふだんより肉体を使う生活になるために体重が激減してしまうかもしれないという点が心配だった。スポーツジムの会費やダイエット本にお金を投じている人は、体重が落ちると聞けばうらやましがるだろうが、ぼくにとってはつねに体重の維持が課題なのだ。実験開始時の体重は七〇キロ弱で、それ以上は絶対に落としたくなかった。

ところが、予想とは逆の結果となる。春を迎えるまでには、さかんにスポーツをしていた十代前半のころよりも体調がよいと感じるようになり、体重も一二キロ以上増えていた。相当の体力が要求される一年となることは覚悟していたし、体力的限界から実験を中断するような失態は避けたかったので、当初から厳しいトレーニングの日課は欠かさなかった。春まっさかりになる前にこれほど体重が増えるなんて、まさに望みどおりだった。どんな生活を送るにしても、その当人こそが歩く広告塔なのだ。どんな食習慣を選んでも、それが正解だったのか、体によかったのかは、その人の外見と行動で判断される。悲しいかな、今の世の中は人を見かけで判断しがちなので、カネなし生活の継続中にやせ細りでもしたら、お金がなければ満足に食べることもできないと宣伝するようなものだろう。

実験が世間の注目を集めていると気づいたときから、この点はますます重要性を帯びてきた。カネなしで暮らしたからといって、かならずしも太ったりやせたりするとは限らない。ほかの暮らし方や食生活の場合と同じことだ。ぼくがビーガンになって以来六年間、しょっちゅう人から食生活について聞かれる。たいていは純粋に善意でぼくの健康を心配してくれているのだ。ビーガンの食生活を選択した理由はいくつもあって、一つには、それが健康的で自然な食事だと感じるようになったためである。しかし、ベジタリアンにだって健康な人もいれば不健康な人もいる。何でも食べる人に健康な人と不健康な人がいるのとなんら変わりはない。お金のある生活とない生活にも、同じことが言える。

以前は、三月の季節の変わり目になるとよく風邪をひいた。今年はまったくひかずにすんだし、世を騒がせていた豚インフルエンザとも無縁だった。洞窟住まいで、ときどき人の家の留守番を引きうけているカネなし仲間のアメリカ人から聞いた話では、屋内に移ったときに限って病気になるそうだ。たしかにぼくの経験でもそのとおりで、実験前の想像はみごとに裏切られた。

五月初めに食中毒を起こしたのは、完全に自分の不注意だった。自転車で街に行くとき、数日間トレーラーハウス内に置いてあったパンをそのまま持って出た。向こうに到着して、黒いものが付いているのに気づいたが、ロケットストーブで使っているナベのすすかと思い、ぬぐって食べてしまった。それが大きなまちがいの元で、実は黒カビが生えていたのだ。それから三日間苦しむはめになった。できるだけ休息をとるようにしたが、この生活スタイルではつねにやらなければいけないことがある。こういう実験を一人きりでやる難しさを初めて思い知ったのだった。症状がもっと重かったらどうしていただろうかとも考えさせられた。お金がないということは、それまで慣れっこになっていた保障に頼らずに生きることを意味する。銀行に少しでもお金があれば、健康を取りもどすまでの時間を買うことができるが、その日暮らしの人間に、そんなセーフティーネットはない。さいわい、ぼくには親しい友だちがたくさんいたので、ふだんの仕事を手伝ってもらえた。最初の六か月ですっかり仲よくなった農場のコーディネーターのディージーは、ぼくがベッドとコンポストトイレをあわただしく往復しているときに、何度か軽食を作ってくれた。友の存在が何よりの保険であること、日ごろの行いがどんなに悪くたって、本当の友情は金銭ほど簡単には失われないこと。それを痛感した出来事であった。

ぼくは一つ慢性的な体質上の問題を抱えており、春が終わる週から地獄の毎日が始まるだろうと覚悟していた。花粉アレルギーだ。世界中に何百万という患者のいる花粉症（アレルギー性鼻炎）は、歩道と車道の間にちょっぴり草が生えている程度の街なかに住んでいても、十分につらいものだ。ましてや今年のぼくは、あたり一面草の中で生活している。街から田舎への移動は、犬毛アレルギーの人がわざわざ犬小屋の中に引っ越すようなものだった。春の終わりの一週間、ふとんにもぐりこんで濡れタオルを頭に載せる以外、何もする気が起きなかった。カネなしで生きる身としては、おせじにも生産的とは言えない。

子どものころから、何を試しても花粉症は治らなかった。十八のとき、医者のアドバイスを無視してステロイド注射を受ける。三年たって注射の効果が切れると症状はぶり返し、以前にもましてひどくなった。薬局で売っている抗ヒスタミン剤では眠たくなるだけ。何かよい方法がないかと探しもとめるうちに出会ったのが漢方だ。漢方薬を飲みだして一週間のうちに、症状がおさまってしまった。初めて試した代替医療で、てきめんな効果には驚かされた。その漢方薬も、今年は買うわけにいかない。代替療法の代替方法を探さなければならなかった。

働いていたオーガニック食品生協を通じて知り合った地元の養蜂農家が、自分のところのハチミツを二瓶くれた。ビーガンのぼくがハチミツを食べるのは、信頼できる知り合いが地元で採取した場合だけだ。それも、ハチに砂糖を代わりに与えたりせず、必要な量の蜜を残しておくのでなければ、ぼくは受けとらない。養蜂家がハチに砂糖を与えた時点で、ぼくにとって地元産のハチミツは地元産でなくなる。砂糖のフードマイレージが加算されるからだ。ハチミツの効き目はゼロではないが、わずかであった。そこでぼくは、フリーエコノミー・コミュニティーのウェブサイト上で書いているブログを通じて助けを求めることにした。山ほど寄せられたアドバイスのうちの一つが効を奏した。グレースという女性が、オオバコを使うように助言してくれたのだ。ごくありふれた多年生の雑草で、ぼくのまわりにいくらでも生えていた。セイヨウオオバコにもヘラオオバコにも、抗炎症成分が豊富に含まれている。芝花粉アレルギーだと思いこんでいる人の多くが実際はオオバコアレルギーらしいが、逆にオオバコを摂取することで症状を軽減できる。

それにしても、状況は悪くなるばかりのようだ。ハーバード医科大学保健地球環境センターの研究結果によると、大気中の二酸化炭素濃度が高くなると花粉の飛散量も多くなるとのこと。ぼく自身のカーボンフットプリントを減らす動機がまた一つ増えた。

つい忘れてしまいがちなのが、心もまた肉体の一部であること、気分や全体的な幸福度が食べ物に左右されることだ。この実験を始める前に、やはり一年間、石油と石油製品（プラスチックなど）を一切使わずに過ごしたことがある。食事は近隣で有機栽培されたビーガンフードだけでまかない、石油由来の包装も使わなかった。最初のうち、疲労感と気分の落ちこみに悩まされた。ぼくの体と心は、中国産のレンズ豆、ボリビア産のナッツ、米国産の大豆から摂取するたんぱく質、栄養素、ミネラルに慣れっこになっていて、それらの代わりがすぐに見つからなかったために調子をくずしてしまったのだった。こうした食べ物をイギリスで作れないわけではない。自国の食料安全保障を、労賃がはるかに安い国に外注してきた結果だ。

石油なし生活を始めて一か月間、睡眠不足が続いて気力が衰え、ふさぎこむようになった。そのころは原因がわからなかったのだが、栄養士に相談したところ、必須アミノ酸のトリプトファンが欠乏していることがわかった。サプリメントは問題外なので、トリプトファンを豊富に含む国内産の食べ物を探して摂取するようにした。からし菜、野外採集したヘーゼルナッツに海草、ブロッコリー、ケール、ライ麦もやし、ほうれん草などだ。何週間かすると、調子を取りもどしたばかりか、体内にかつてないほど気力が満ちあふれ、睡眠の質も向上した。このときの経験を教訓に、カネなし生活でも食事にこれらの品目をかならず取りいれるように心がけた。

おかげで冬から早春にかけて、精神状態はたいへん良好だった。ところが、春半ばに最初の試練が待っていたのである。

コラム

セイヨウオオバコの花粉症対策

野草の本を参考にして、まちがいなくセイヨウオオバコであることを確認したら、葉を十〜二十枚採取する。なかなか採集に行かれない人は、多めに摘んで、残りを乾燥保存しておこう（葉を枕カバーに入れてヒーターの上に載せておくとよい）。

葉をティーポットに入れる。適量の水をかけて葉をしめらせたあと、沸騰したお湯を注ぐ。

あら熱がとれたら冷蔵庫に入れる。

例年症状の出はじめる時期の前から、花粉症の季節が過ぎるか、症状がおさまるまで、毎日コップ一杯を飲みつづける。ちょっと土くさいと感じるかもしれない。飲みにくい場合はソーダ水を加えるとよい。ぼくはそのままでも平気だった。

さあ、夏の喜びを取りもどそう。

第11章 招かれざる客と遠方の同志

招かれざる客

冬の間屋外で生活してみればわかるとおり、この季節、ネズミと無縁ではいられない。氷点下の外気を逃れ、安定したエサ場を求めてやってくるのだ。近代的な家はネズミの侵入をおいそれとは許さないようにできているが、環境負荷の小さい住まいへの侵入をはばむことは難しい。

そこで問題になるのが、まちがいなく寄ってくる小さなルームメイトたちにどう対処するかである。大型のクマネズミと小型のハツカネズミがおもな訪問者だが、ゴキブリが増えて手がつけられなくなることもある。これら三種類の生き物（特にゴキブリ）はどんな環境でも生きのびることができるらしいが、クマネズミとハツカネズミだったら、ハツカネズミのほうがましだ。体が小さいし、人間を怖がり、害を与えるにしてもたかが知れている。だから、二月半ばに一匹がトレーラーハウスに住みついたときは、さほど気にも留めなかった。洋服だんすの中に居場所を確保した彼女（実際に性別を確かめたわけではないのだが、こいつの行状に振りまわされて昔のガールフレンドたちを思いだしたので、冗談でメスだと言っていたのだ）は、じっとおとなしくしていて、夜ふかしでまわりに迷惑をかけることもなかった。

ところが、春の初めごろ、彼女は巣を作ろうと思いたつ。しかも、あろうことか朝の三時に工事をおっぱじめたのだ。壁をかじっては中の断熱材を引っぱりだし、たんすの上に置いてあったビニール袋や新聞紙を引きずりおろす。かなりの騒音であった。あくる日、ぼくは半日かけて、彼女のこしらえた穴に板を張った。向こうにしてみれば、それこそはた迷惑な行為だったと思う。案の定その夜は、たけり狂った齧歯《げっし》類の本領発揮である。この小さな怪物は四時間近くを費やして、ぼくの手仕事を帳消しにした。つまり、そのすぐ上に別の穴を掘ったのだ。この報復攻撃をいつまでもくり返していたら、壁全面が小さな板だらけになってしまう。そこで、彼女専用の通用口をもう一度板でふさいだあとは、敗北を認め、好きなように出入りさせることにした。

同居人が深夜のパーティーマニアだったら、起きていって一緒に騒ぐ手もあるが、あいにくネズミではそうもいかない。数週間ろくに眠れない日が続くと、気が変になってくる。平和的な共存にはやぶさかでないが、これは平和的とは言えない。とどめの一撃は、袋入りのライ麦がねらわれだしたことだった。丸一日働いて手に入れた食料だ。戸棚にしまうには袋が大きすぎ、食害を防止できるような金属容器もまだ見つかっていなかった。ネズミは毎日のように新しい穴をあけては、中に糞をまき散らしていく。

ほとんどの人にとって対策は単純で、わなと毒エサをしかけ、時間が解決してくれるのを待つだけだ。しかし、たとえそういう物を買える立場にあったとしても、ビーガンのぼくにはできることじゃない。苦労してかせいだたくわえをネズミに食われたくはないが、たかが窃盗の「罪」で死刑に処するのが正当だとも思わなかった。動物の権利を擁護する人たちの指摘によれば、性差別や人種差別と同じように「種差別」が存在し、ほとんどの人間が種差別的な行動をとることがある。ワイン一本を盗もうとした万引き犯をつかまえたら、店主は警察に電話するか、「もう二度と来るな」と言いわたすかだろう。その一度きりですめば何の対策もとらないかもしれないし、窃盗がくり返される場合は、抑止力を期待して監視カメラに投資するかもしれない。それなのに、人間以外の動物に関しては、たとえばネズミがライ麦を何粒か盗んだからといって殺そうとする。個人的に、それはちょっと厳しすぎるように思う。動物たちは、人間のせいで野生の食料が激減してしまった環境の中、なんとか生きていこうとしているだけなのに。ぼくらに盗まれた食べ物を取りかえしているだけだとも言えるのに。

ネズミにぼくの食料を汚させないためには、どうしたらよいか。隠せる物はすべて隠し、食後には残り物を一切放置しないように気をつけた。これで食料の問題は解決したが、夜ごとの巣づくりで眠れない日々は続く。なんとか出ていってもらおうと、あらゆる方法を試した。丸めた布を詰めて穴をふさいで、そこにペパーミント水をスプレーしてみたら、と言う友だちもいた。ネズミはミントのにおいを嫌うらしい。しかし、どれもこれも効果がなかった。自分のビーガン思考がまちがっているのではないかという思いが頭をよぎる。髪をこれほど短くしていなかったら、四月までに半分はかきむしってしまったにちがいない。そんな状態が二か月続いて、睡眠不足も限界に達した。スローライフを実践し、それについて書いたりしゃべったりし、ボランティア仕事、自転車での移動、フリースキルのつどいの開催に加えて、フリーエコノミー・コミュニティーのウェブサイトや世界各地のグループどうしのネットワークの運営まで、あまりにも忙しい日常を送っていた。そのうえ毎朝三時に起こされては、たまったものではない。

もう我慢の限界だ。そう思ったところ、遅い春の陽光が降りそそぎはじめ、気温が上がるにつれて、招かれざる客は野に帰っていった。結局のところ、答えはただ忍耐あるのみであった。これでもう、ネズミの足跡やおしっこを洗いながす毎日からも解放される。平和と静寂が戻ってきた。

海外にいたカネなしの同志

春になって日照時間が延びたので、太陽光エネルギーにも余裕が生まれた。冬の間ずっと、実験についてたくさんのメールが届いているとわかっていながら、バッテリー不足のため、中身を読んだり返事を書いたりすることもままならなかった。それもあって、クレアと別れたころのぼくは孤独感をいっそうつのらせたのだった。

降りそそぐ日光で、バッテリーが充電されただけでなく、ぼくにもエネルギーが補給されたようだ。一日のほとんどを屋外で過ごす経験は生まれて初めてであり、四月にはもう日に焼けていた。日焼けなんて、例年なら早くて六月半ばの話だろう。体内とバッテリーの両方にエネルギーが満ちてきたところで、孤独な気分を払いのけようと、広い世界にカネなし仲間を探してみることにする。近隣にはまずいないことがわかっていたので、頼りはインターネットだ。

ぼくの生活について話しかけてくる人は、十中八九、お金を一切使わずに暮らしている人間は世界中にぼく一人きりだと思いこんでいた。イギリス国内では（ぼくの知るかぎり）ほかにいないが、現代社会でこうやって生きているのはぼくだけじゃない。探しだした二人にくらべたら、ぼくはほんの「かけだし」だ。六七歳のドイツ人女性ハイデマリー・シュヴェルマーは、十三年間ほとんどお金を使わずに暮らしており（毎月の年金から何ユーロかを電車賃として手元に残し、残りは寄付している）、カネなし生活について本も書いている（『食費はただ、家賃も0円！　お金なしで生きるなんてホントは簡単』原田千絵訳、アーティストハウス）。その日常を描いた映画『お金なしで生きる（*Living without Money*）』[*19]の中で彼女は、長年ドルトムントに住み、教師として働いたのち心理療法士となった過去について回想している。かつては周囲の人と同じく、自分の時間の大半を費やしてお金をかせいでは、必要な物を買っていた。それに、本当は必要ない物までも。心理療法士という職業柄、働きづめに働いたあげくに抑うつ状態におちいった人を、いやという

*19　イタリア在住のノルウェー人監督リーネ・ハルヴェーセンによる二〇一〇年製作のドキュメンタリー。

ほど見てきたそうだ。失業して貧しい人の中には、みずからを価値のない存在と見なす人がたくさんいた。ハイデマリーの存在については、ぼく自身の実験を始める前から、ドイツ語のわかる友だちマーカスをとおして聞いていた。当時、彼女の書くものは全部ドイツ語だったので、マーカスに翻訳してもらわなければ、その思想や体験を知ることはできなかったのだ。お金の介在しない社会という概念にメディアが注目を強めるにつれ、彼女にも英語圏に向けて発信する姿勢が見られるようになったが。

ハイデマリーは、お金をあまり（または全然）持っていない人たちが品物や好意をやりとり（ギブ・アンド・テイク）する「交換の輪《タウシュリング》」を設立した。この交換サークルをとおした出会いは、人びとにとって新鮮だった。人の役に立つことで自分に価値があると感じ、やりとりの社交的側面に意義を見いだす。しばらくののち、ハイデマリーは実験を始めることにする。アパートをひきはらい、持ち物を友人にあげると、お金を使わない、好意の交換に基づく新生活に乗りだしたのだ。最初のうちは、旅行に出かける友人知人の留守番を引きうける代わりに、食事と寝場所を提供してもらった。長年にわたってドイツ中に交換の輪を広めてきた彼女だが、まだ説得できていない唯一の相手が国鉄の駅長たちであり、それが、いくばくかの切符代を手元に残している理由である。どうしてヒッチハイクしないのか、ぼくは不思議に思ったが、三〇歳の男にとってはさほど難しくなくても、高齢の女性となるとそうもいかないのだろう。ハイデマリーがめざしているのは、単純に、お金や消費とのつきあい方について人びとに考えてもらうこと。完全なカネなしではないにせよ、彼女の生き方はおおぜいの人に影響を与え、日常生活からお金の使用をじょじょに減らしていくようになった人も多い。

もう一人、カネなし生活への関心から、一躍脚光を浴びた人物がいる。ダニエル・スエロ。ユタ州モアブの洞窟に住む四八歳のアメリカ人男性である。二〇〇〇年以来、完全なカネなし生活を続けていると言う。この事実を知ると、ぼくの場合のわずか一年という期間を相対化できるようになる。実験前にダニエルについて聞いたことはなく、四月の調査で彼のブログ[20]の存在を知った。彼が今の生活を始めてからの年月を考えると、もっと注目されていいのに、あまり知られていないようだった。ぼくに対するメディアの関心がおさまって一息ついていた実験中盤期、米国の有名雑誌『ディテールズ』にこの「穴居人」が取りあげられ、その流れでMSN〔マイクロソフト社が運営するポータルサイト〕のホームページにも紹介記事が載る。とたんに、預金残高と同じくゼロに等しかったダニエルの知名度ははね上がり、一夜にして何百万人の関心が注がれるところとなった。本人のブログは、ぼくの場合と同様、激しい論争の場と化し、いやみな連中はダニエルの動機を理解しようともせず、人間のクズだと決めつける。気候の変動する世界にあって、洞窟に寝起きし、カーボンフットプリントゼロの生活を送ることが、社会に対する犯罪だとでも言うのだろうか。

*20 http://zerocurrency.blogspot.com/

ダニエルの物の見方を知ってもらうために、彼の言葉をいくつか紹介したい。かならずしもぼくの意見と一致する文章ばかりとは限らない。彼の考えには多くの点で賛成するが、すっかり同調できるわけではない。ダニエル、ハイデマリー、そしてぼくのような人間は、この地球上で生きのび、豊かに暮らしていくには、借金も信用貸しも、お金という紙きれも、一切手ばなすしかないと考えている。その理由について、ぼくとは角度のちがったダニエルの見方を知るのも、きっと読者の参考になるだろう。

「所有と財産」について

カネなしになるとは、財産を手ばなすことではない。実際、手ばなす物など何もないのだから。何かを所有している人など、どこにもいやしない。だとすれば、カネなしになるとは、これまでも何も所有していなかったと認めるだけの話である。何かをなくしても、もともと所有していなかった物だと思えば、喪失感はない。誰かに何かをくれと頼まれたら、あげても惜しくない。あげるといっても、そもそも自分の物ではないのだが。そうして、必要な物は必要なときに手に入ると信じよう。

「カネなし生活」について

「金を使わずに生活中」と言ったところでたいした意味はない。「サンタクロースを信じないで生活中」と言うのと変わらない。ただ、誰もがサンタクロースを信じている世界では、サンタクロースを否定するだけでも、常軌を逸した人間だと思われるだろう。

「お金は悪だと思うか」という質問に対して

いいや、お金は幻想である。幻想によいも悪いもない。思いこみではなく現実を見ることのできる目を持っていたら、と想像してほしい。一〇〇ドル札を目にしたときに、しゃれた絵柄のついた一枚の紙にしか見えなかったとしたら——。あるとき二〇ドル札を見つけたぼくは、それを使って遊ぶことにした。切りぬいて、コラージュを作成したのだ。

この二〇ドル札発言に対しては批判的なコメントがあいついだ。お金を必要としている誰かにその二〇ドルをあげたほうがよかったのか、それとも、紙きれに幻想上の価値をあてがいつづけるのをやめて流通を止めたのが正解だったのかで、喧喧諤諤《けんけんがくがく》の議論となった。だけど、仮に誰かにあげていたら、そのお金がないと困る人を必然的に生みだすような経済システムに加担したことにはならないだろうか。

初めてダニエルの存在を知った日、たまたまアメリカ先住民スー族のジョン・レイム・ディアーの言葉にも出会った。白人によって、お金を使うように「文明化」させられた経験について、次のように述べている。

白い兄弟たちがやって来て、わしらのことを「文明化」する以前には、わしらの世界には「留置場」だとか「刑務所」だとかいうものは存在していなかった。だから当然「犯罪者」もいない。牢屋がなければ、犯罪者もいらないのだ。錠前だとか鍵だとかいうものもなかったので、泥棒もいなかった。馬だとかティピだとか毛布だとかいった、ひとが生きていくのに最低必要なものを持っていないような、ほんとうに貧しいひとたちには、誰かしらがそういったものをあたえていた。

あまりにも「未開」だったから、わしらは個人の所有物にさほどの価値を認めていなかったのだな。物を自分のものにしたがるのは、ただたんにそれをひとにあげるためだった。お金もなかったから、それでひとの価値が計られることもなかった。文字に記された法律もなく、弁護士だとか政治家といった職業もなかったから、ひとをたぶらかすこともできなかった。

白人が来る前のわしらは、かくも危うい状態に置かれていた。文明社会を築くためには必要欠くべからざるものと聞かされている、そうした基本的なものがなにひとつなくて、どこをどうすることでうまいことやれていたのか、そんなことはわしはわからん。

（『インディアン魂・上』北山耕平訳、河出文庫、二三一～二三二ページ）

お金を使わずに生きたいと願う根本的な理由は、ダニエルとハイデマリーとぼくの間でも少しずつ異なる。だが、細かなちがいをとりざたするよりも、共通点に注目したい。ぼくたち三人に共通する望みは、分かち合いという単純な行為をとおして、同じ地域に住む人びとの間に友情がめばえ、思いやりと寛容の心が金銭欲に勝つことだ。

ぼくの生活には一つ矛盾があった。「分かち合いによる友情の創造」「地域コミュニティー再建の重要性」なんていう話をしたり書いたりするのに時間をとられて、自分の生活のための時間が残らないのだ！　これではいけない。五月の中ごろ、もっと友だちと楽しむ時間を確保しようと決心した。まもなく夏がやってくれば、遊ぶ時間もうんと増えるはずだ。

春が来ても数か月は、気がつくと、実験終了まであと何日かを数えていた。カネなしの一年を、やりがいのある課題というより、やりとげねばならない義務か何かのようにとらえていたのだ。しかし、五月に入るころには、カネのカの字も思いだすことなく毎日が過ぎていくようになった。人に聞かれて初めて意識にのぼるぐらいだ。自給自足の生活は気に入っていたが、春は始終働いてばかりの季節に思われた。先々の暮らしは、春に流した汗の量にかかっている。この労働が実を結ぶまでにはまだ間があると思うとつらかった。だけど、そうするうちにも、以前まいた種を刈りとる時期がやってきた。

コラム

環境負荷の小さい住まい

ぼくの家はフリーサイクル経由で入手したが、これが成功する可能性の高い方法でないことは重々承知している。建築許可、土地所有、税金の問題がある以上、タダの家について語ることは難しい。

それでも、ある種の家は理論上無料で建てることができるし、その実例にも事欠かない。たとえ、一切お金をかけないで建てたり探したりするのは難しいにしても、「普通の家」とくらべたらけたはずれに安く手に入り、長期的にオフグリッドの生活ができて、おまけに環境への影響も非常に小さいのだ。

普通の家に関してぼくが問題だと思うのは、住宅ローンの借り入れをしなければならず、その返済のために仕事人生の大半を費やすことになる点

だ。これが人びとを賃金労働にしばりつけ、多くの場合、好きでもない仕事を続けさせている。

環境負荷の小さい住宅いろいろ

◎アースシップ ぼくがつねづね夢見ている家だ。天才建築家マイケル・レイノルズの考案したアースシップは、パッシブソーラーハウスの一種で、リサイクル材と地元の自然素材から作られる（パッシブソーラーハウスとは、太陽エネルギーを利用し、ファンやポンプを使わずに、冬暖かく夏涼しい室内環境を保つように設計された家のこと）。土砂を詰めた古タイヤ、ビールの空き缶、大型の窓ガラス、光電池パネル、風力タービンなどの要素で構成されるアースシップでは、食料、水、エネルギーを自給できる。さらには、ガラス瓶を使ってみごとな照明効果を作りだすなど、見た目にも美しい建築である。

◎地下住宅 地下に家を作ると、狭い敷地を最大限に活用できるし、掘削《くっさく》で出た土砂を建物に使用できる。大風、火災、地震にも強い。エネルギー効率のよさも、地下住宅の大きな利点である。家を取りかこむ土や岩のかたまり（「地熱のかたまり」）が蓄熱と断熱の働きをするため、冬暖かく夏涼しい。

○ベンダー〔昔の林業従事者、漂泊民などが一時的な住まいとしたテント〕　木の骨組みに帆布などの防水布をかけたもの。設計は特に難しくないし、周辺の木とリサイクル材を使って無料で簡単に建てることができる。

○ラウンドハウス　円形の家。骨組みは木の柱、壁は荒土壁または細丸太《コードウッド》を土で塗りこめた壁（どちらの壁も古来の建築技術であり、木の枝などを編みあげた格子に、粘土、土、牛糞、わらなどを混ぜたものを塗りつけていく）。円錐型の屋根は通常、わらぶきか、互恵的骨組構造の緑化屋根（丸太を円錐状に組んで自立させる単純な構造で、屋根の中心に支柱の必要がない。伐採したての水分量の多い緑樹を使用すると、柔軟性があるため建築が容易）とする。

○ストローベイルハウス　わら《ストロー》の圧縮《ベイル》ブロックを積み重ねて壁とした家。イギリスでは、小麦、ライ麦、オート麦のわらを利用可能。わらのブロックは断熱効果に優れ、理論上は地元産の素材から無料で作ることができる。

○ゲル　木でできたジャバラ状の格子を円形に組み、天幕で覆った家。屋根は多数の棒からなり、太陽熱が入るよう、てっぺんには天窓が開いている。断熱のためにじゅうたんや古い布団を利用することもある。移動が簡単なうえ、地元産の素材とリサイクル材から無料で作ることができる。

◎ティピー　大型の円錐形のテント。一〇〜二〇本の支柱と一枚の天幕、および適切な断熱材からなる。通常のテントとの決定的なちがいは、てっぺんに開口部がある点だ。このため、内部で料理や暖房のための火をたくことができる。ゲル同様、移動や設営が容易で、生態学的にも健全な住宅。

◎ささやかなトレーラーハウス　まったくもってけしからん代物。産業化の進んだ工場で製造された商品を新しく購入したのでは、真に持続可能な暮らしを支えることにはならない。だけど、もしも中古品を無料で入手できるならば、このうえない資源である。廃墟となった建物に鳥が巣を作るのと同じことだ。自然の景観になじむよう、緑色に塗ったらいい。

どの構造を選んだとしても、つねに建築許可の問題が出てくる。自治体の担当部署に相談してみよう。あるいは、そんなことは気にせずさっさと着工し、何か問題が起きたらそのつど対処するという手もある。

第12章　夏

冬のカネなし暮らしはまっぴらごめんだと思うかもしれないが、夏には試してみないほうがどうかしている。日の長くなった夕方には森の散歩、週末には浜辺のキャンプ、自分で栽培し採集した食材を使った料理に、サイクリング。キャンプファイアを囲んでアコースティック音楽に耳を傾け、野山のベリーやリンゴやナッツを探して歩く。湖では素っ裸になって泳ぎ、星の下で眠る。そんな生活を一シーズンだけやってみるなら、だんぜん夏がお勧めだ。

時計の針が進められて公式にサマータイムが始まり、ぼくは長くなった夕方のありがたさをかみしめる。もちろん、喜ぶのはカネなし人間だけではない。毎年、時計の針を元に戻すときには誰もがぶつくさ言う。誰も喜ばないことを、いったいどうやって決めたのだろう。ましてや、料理、洗濯、仕事、遊び、すべてを屋外でこなし、どこへ行くにも自転車の自給生活を送っていると、太陽の滞空時間が日に日に延びていくのが身にしみてありがたい。好きなバンドのライブや見たかった映画に友だちが連れだって行くと聞いたときなど、冬から春にかけては、カネなしの壁を思い知らされる瞬間がどうしたってある。でも夏がやってきた今は、自分がカネなしで生きていることも忘れてしまう。ぼくはただ生きていた。

寒い季節には魅力を感じなかったキャンプなど、娯楽の幅が突然広がっただけではない。あらゆる面で暮らしがラクになっていく。

自転車に乗って

いくらサイクリング好きのぼくでも、冬から春先までの間、週に一三〇キロ以上走るとなると、楽しいばかりではすまない。ちゃんとした装備がなくてずぶ濡れになることも多かった。雨がっぱを着なくても、どうせふだんから汗だくになっているので、結果は同じことなんだ。友だちには、防水透湿素材の上着を手に入れろようとうるさく言われていた（ぼくのライフスタイルが当然視されるようになってきた証拠で、喜ばしい変化である）。「だから、どうやって」とぼく。雨の多いこの時期、そんなお宝がフリーサイクルで手に入る望みはまずない。

どしゃぶりになると、自転車のライトが勝手についたり消えたりした。ダイナモの配線のせいだとわかってからはすぐ直したが、原因究明に三月いっぱいかかった。自転車で移動中、かろうじて車一台分の幅しかない田舎道を飛ばしてくる車から自分が見えていないことに突然気づかされるのだから、そのストレスたるや並大抵ではない。背後にエンジンのうなる音を聞いたら、側《そっ》溝《こう》の中に待避してやり過ごすか、さもなければ、道ばたでよく見かけるアナグマやキツネの死体の仲間入りを覚悟するかだ。

しかし、谷間に夏の涼風がそよぎはじめると、サイクリングはラクになるばかりか、心からの楽しみに変わった。マウンテンバイクはぼくの趣味の一つである。よくブリストル周辺の友だちと連れだって、リー・ウッズ〔ブリストル郊外にある森林公園〕やなんかへ冒険に出かけた。この広大な敷地内を流れる小川沿いや丘の斜面の泥道を駆けぬけるのだ。オフロードのサイクリングは人生とよく似たところがあって、楽しもうと思ったら、しりもちをつくのを恐れてはいけない。

これはあまりお利口な遊びではないし、やや無責任とも言える。マウンテンバイクはかなりの危険をともなう趣味だ。ふだんなら危ないからといって二の足をふんだりはしないところだが、カネなし期間中は足を折るわけにも自転車を壊すわけにもいかない。どちらも直してもらうお金など持っていないのだから。それでも、一度きりの短い人生、分別くさいことばかり言ってはいられない。これはずっと前から決めていることで、九十まで単に命をながらえるよりは、五十年を精いっぱい生きるほうを選ぶ。瞬間瞬間を自分の思うままに生きて死んだら、それが定められた寿命なんだ。

もちろん、自転車の楽しみはマウンテンバイクだけではない。自分の住む土地について深く知り、自動車では絶対行かれない場所に入っていくにも最適な手段である。六月になると、田園ツーリングに精を出しはじめた。道づれは、いっとき街を抜けだしたがっている友だちだったり、農場のボランティア仲間だったり。全身に風を受け、太陽ののぼり沈みにともなう気温の変化を肌で感じながら走ると、車や公共交通機関での旅にはないリアルさを味わえる。夜に出かけることも多かった。ぼくに言わせれば、日中のツーリングよりもっと楽しい。一時間走ったって一台の車にも出くわさないこともあるくらいだ。夏になって夕方の時間が長くなると、さらに遠出するようになった。たまたまたどり着いた場所で野営することになった場合に備えて、テントと寝袋、それに食料を積んでいく。森の中や湖のほとりでキャンプして、翌朝帰ってくることもあった。移動に疲れ、寝ころがって星をながめたくなったら、それ以上進まなくてもいい。乾いた地面を探し、太陽に起こされるまで眠るのだ。

コラム

タダ酒！

近ごろは、酒が欲しければ自分で作る。インターネット上には、各種のアルコール飲料のレシピがあふれている。気が向いたら、ぼくのリンゴ酒のレシピも試してみて。簡単に作れるし、必要なのは風で落ちたリンゴだけだ。

○本物のリンゴ酒の作り方

サイダー品種とクラブ品種のリンゴを取りまぜて集める。痛んでいる実は避けること。

実をうんと小さく刻む。これを圧搾し、果汁を最後の一滴までしぼりとる。機能的なリンゴしぼり器があれば理想的。

滅菌消毒したケグ〔ステンレス製のビヤ樽〕いっぱいに果汁を満たす。自然界に存在する酵母が入るように、上の栓は開けておく。

約一か月かけて発酵させる。その後、リンゴ酒を清潔なビンに詰めて、さらに数か月寝かせる。あるいはケグのまま栓をしめて寝かせてもよいが、その場合は八か月かかる。アルコール度数の高い、甘口で不透明なリンゴ酒のできあがり。

友だちと乾杯しよう。

リンゴの木を活用していない持ち主は多い。リンゴ酒を作ってお返しする代わりに実をもがせてもらえないか、たずねてみたらどうかな。

ホップさえ自分で栽培すれば、とびきりのビールを作るのだって簡単だ。風味づけにはたいていどんな材料も使える。アンディー・ハミルトンが以前作ってくれたのは松葉のビールだった。どんな味かって？　おもしろい味さ。

カネなしの夏の食事

夏が好きな理由はいっぱいあるけれど、食べ物もその一つだ。イングランド南西部はさすがに地中海性気候のようにはいかないが、平年並みの夏であれば作物の種類も豊富だし、八月には野生の食料もふんだんに手に入る。ぼくも、夏には多種多様な物を食べている。もちろん、すべてを毎日のように食べているわけではない。そんなことをしていたら、一年間で一二キロの体重増ではすまなかっただろう。ちなみに、次のリストには、ゴミ箱からの予期せぬ収穫物は含まれていない〔リストに「廃物利用」とある食べ物は、ほぼ常時ゴミ箱で発見できたもの〕。

朝食

イラクサとヤエムグラのお茶…採集
またはミント茶…………………栽培

オートミール……………………バーター
ブラックベリー………………採集
ラズベリー……………………採集
ヘーゼルナッツ………………採集
オオバコの花粉症治療薬………採集

ブランチ

リンゴ…………………………栽培
バナナ・スムージー……………廃物利用
ブドウ…………………………栽培
レモンバーベナ茶………………栽培
またはタンポポコーヒー………採集

昼食

全粒ライ麦パン…………………バーターした麦粒を手回しミルで粉にひいて窯焼き
または全粒小麦パン……………廃物利用
プラムジャム……………………採集したプラムと栽培したリンゴのしぼり汁を使用した自家製

マーガリン……………………廃物利用
もやし……………………バーターした穀物や豆類を自家発芽させたもの
ルッコラ……………………栽培および採集
レタス……………………栽培したものを生食
トマト……………………栽培したものを生食
油（できればオリーブ油）………廃物利用
ビーツの葉……………………栽培したものを生食
にんじんのすりおろし……………栽培したものを生食
ビーツのすりおろし……………栽培したものを生食
ワイルドガーリック……………採集
からし菜……………………栽培したものを生食
ラディッシュ……………………栽培したものを生食
チャード……………………栽培したものを生食
さやいんげん……………………栽培したものを生食
さやえんどう……………………栽培したものを生食
玉ねぎ……………………栽培したものを生食
紫ブロッコリー……………………栽培したものを蒸す

ワケギ……………………栽培したものを生食
ピーマン…………………栽培したものを生食
きゅうり…………………栽培したものを生食

夕食

じゃがいも………………栽培したものをロケットストーブでゆでる
とうもろこし（軸つき）　……栽培したものを皮ごとゆでる
ズッキーニ………………栽培したものを蒸す
ライ麦……………………バーターしたものを米のように炊く
豆腐　……………………廃物利用の材料を炒める
ポロねぎ…………………栽培したものを蒸す
レンズ豆…………………廃物利用
そら豆……………………栽培したものを蒸す
リーフカード［野草の若葉のエキスに含まれるタンパク質を凝固させたもの］　……採集した材料を使用した自家製
ブロッコリー……………栽培したものを蒸す
ニンニク…………………栽培したものを炒める
にんじん…………………栽培したものを蒸す

ビーツ……………………栽培したものを蒸す
精白大麦………………バーターしたものを米のように炊く
サトウニンジン…………栽培したものを蒸す
ローズマリー……………採集
パセリ……………………栽培したものを蒸す

デザート

ビーガン・チョコレートケーキ……地元のカフェの残り物

ドリンク

リンゴ酒…………………栽培した材料を使用した自家製
エルダーフラワー・シャンペン……採集および廃物利用の材料で自家製
エルダーフラワー・コーディアル〔ニワトコの花で香りをつけた伝統的な飲み物〕……採集および廃物利用の材料で自家製
リンゴジュース…………栽培したものをしぼる
ペパーミント茶…………栽培
ビール……………………採集および廃物利用の材料で自家製

夏の食事に廃棄食品が占める割合は五パーセントにも満たないが、スキッピングに行くのはやめなかった。それどころか、かえって頻繁に出かけるようになっていた。スキッピングにともなう冒険も楽しかったし、食べられるものはゴミ箱よりも胃袋に入れたいからね。

タダのランチはない？

世の中にタダのランチなんてものは……立派に存在するのだ。[*21] ランチだけじゃない。タダの朝メシだって、ディナーだってあるんだよ。大地から直接もたらされる野生の食品の採集こそ、正真正銘のタダ飯だ。しかし、イギリスの自然は飼いならされてしまい、野生環境は急速に縮小しつつある。かつて森が、生物多様性が、潤沢な自然があった場所も、今やコンクリートに覆われたスーパーマーケットに、駐車場に、そのゴミ集積場になっている。都市の無秩序な拡大は、「採集」の性質すら変えてしまった。昼間の野外を歩きまわる代わりに、現代都市の採集者たちは夜陰に乗じ、くさっぱらを放逐《ほうちく》した巨大なゴミ箱をあさるのだ。

ゴミ箱の食べ物をあさるなんて汚らしいし、法に触れるんじゃないか——そう言う人の気持ちもわかる。だけど、食べ物が捨てられるのは、ほとんどの場合、遠く離れた工場の作業ラインで刻印された日付のため。ただそれだけの理由なのだ。まだ十分食べられるかもしれないのに、会社は法律にのっとって営業しなければならない。小さな八百屋の主人は、商品の状態をにおいや触感、味、外観で判断して、食べるのに適さなくなった野菜だけをコンポスト送りにできる。大規模なスーパーでは、商品がパッケージでぐるぐる巻きにされているので、店員がそうした判断をくだすことができない。ビニール包装の中身がどのように見えようと、さわった感じがどうであろうと、昨日の日付が記されていればゴミ箱行きだ。

ゴミ箱あさりはとにかく楽しい。友だちと一緒ならなおさらだ。収穫のあまりの多さに、それを活用できる人に配りあるくほうが大仕事だなんてこともしょっちゅうだった。スキッピングは夏のほうが実行しやすい。暖かくて雨が少ないことは、夜間の活動において重要な条件である。あたりが暗くなるまでの待ち時間は長くなるけれど、捨てられる食料品の量も増えるようだ。長期休暇のシーズンには需要の予測が非常に難しくなるためらしい。サラダやチルド食品などの売れゆきは、太陽が顔を見せるかどうかに左右されるものだが、ここイングランドの天気はあてにならない。

ゴミ箱のあさり屋は「フリーガン」〔「フリー（無料）」と「ビーガン（完全菜食主義者）」をかけ合わせた言葉〕とも呼ばれる。ただし、廃棄食品の利用はフリーガニズムのほんの一面にすぎない。イギリスのフリーガン団体によれば、フリーガンとは、消費と環境負荷を減らしてシンプルに生きようとする人のことで、リサイクルや資源の共有につとめるほか、社会のためになる地域活動の支援ボランティアに時間をさくことを

＊21　「タダのランチなどない（There's no such thing as a free lunch）」は、タダで物は手に入らないこと、無料に見えても隠れたコストをともなうことを意味する英語のことわざ。

重視する。ぼくがこれまで出会った中で、時間に関しても持ち物に関してもひときわ気前のよい人たちにフリーガンが多かった。

それにしても、法律によって、あるいは食物連鎖の弱者によって「消費に適さない」と烙印《らくいん》を押された食品を、なぜ、わざわざ夜ふけのゴミ箱で探しまわるのだろうか。ぼくにとって、それが理想的な姿でないことは認める。そうした食品は大工場で加工生産された物が多く、その過程には汚染や環境破壊がつきまとう。それに、もし皆が同じことをやりたがったら、全員に行きわたるだけの量はない。商品を買う人がいなくなったら、生産者は仕事を失ってしまう。限られた人数しか実行できないのでは、将来の持続可能な暮らし方のモデルとはなりえない。しかしながら、誰も彼もがそれを実行したいと望んでいるわけではないのだ。実際のところ、やりたがる人間はあまりに少ないので、たいていどこのゴミ箱に行っても、まったく問題なく食べられる物があふれかえっている。人口五十万の都市の近くに住んでいるのに、これまで行ったゴミ箱で、順番待ちの列などついぞ見かけたことがない。なんらかの理由で小売店やスーパーが捨てなければならなかった、まだ食べられる食品。それを店のゴミ箱から一つ残らず解放してやる義務が、ぼくたちにはある。ハイチの食糧危機を報じた二〇〇九年のニュース映像に、路上を走り去るトラックの後ろで、袋からこぼれ落ちたとうもろこしを一粒一粒拾う子どもたちの姿があった。問題のない食べ物をむざむざゴミ箱で腐らせるなんて、この子たちの家族に対する侮辱である。

廃棄食品を利用すべきだと思う理由はもう一つある。いったんゴミ箱に入れられた物は、利用しないより利用したほうが、二酸化炭素の収支が改善されるのだ。廃棄食品を利用すれば、栽培し加工される食べ物が減り、それとともに製造、包装、配送、販売に費やされる（インスタント食品では特に多量の）エネルギーも節約できる。しかも、妙な話だが、温室効果ガスを減らすことにもなる。食べ物は短時間で腐るから、問題になるほどの温室効果ガスは出さないと信じている人が多い。ところが、実はそれがばかにならない。食べ物が分解されるときにはメタンが発生する。これは強力な温室効果ガスである。「フード・アウェア」〔余剰食品の再分配と再利用を促進するイギリスの公益団体〕によると、イギリス国内だけでも、年に千八百万トンの「食べられる」食品が埋め立てられている（生産された食品の三分の一、総額二三〇億ポンドに相当する）。これでは、気候変動を引きおこすメタンの量だってハンパじゃないはずだ。廃棄食品を埋め立て地に輸送して処理する環境コストについては言うまでもない。

　このような視点に立てば、気候の激変と生態系の崩壊に向かいつつあるこの世界にあって、廃棄食品利用者こそが英雄に見えてこないだろうか。しかし残念ながら、実際は英雄視されるどころではない。社会のつまはじきになる危険と隣り合わせのうえ、その行為は犯罪なのだ。厳密に言えば窃盗である。

　食べ物を捨てている会社の敷地内に置かれたゴミ箱から食べ物を回収する行為は、法的にはグレーゾーンと見なされる。スーパーマーケットがその気になれば、不法侵入か、悪くすれば窃盗の罪で訴えることも可能だ。ぼくから見たら、ゴミ箱に捨てたってことは、所有権を放棄したに等しいんだけど。さすがに、これまでのところイギリスでは、ゴミ箱から物を盗んだ罪で起訴された人はいない。おそらくスーパーも、否定的な報道によるイメージダウンや、やっかいな倫理上の問題が噴出するのを恐れているのだろう。スーパー側は、ぼくのような人間が内輪の恥をかぎまわるのをやめさせようとして法律を引きあいに出すが、それは表向きのごまかしにすぎなくて、本当のところは商売上の理由なんだ。ゴミ箱から商品が救出されるたびに、店の売上が一つ減る。また、物流システムの無駄の多さを露呈することも、店の利益にならない。

その夏、スーパーでは自分たちの出したゴミを守るため、えらく念いりな対策を講じるようになっていく。中世の城と見まがう壁では飽きたらず、鉄条網を張りめぐらす店や、ゴミ用の警備員を雇う店まで現れた。パッケージを破って廃棄した上から青い染料や漂白剤をかけて、中身を絶対食べられない状態にすることも行われた。廃棄食品の摂取でお腹をこわすといけないから、という心配が口先だけでなければ、こんな措置をとるはずがない。こんな状態の中から選んで食べようとすれば、食中毒の用心などは一番あとまわしになってしまう。

普通のショッピングときたら退屈きわまりない。店に入っていき、最大限にお金を使わせるように計算された順路にそって店内を見てまわる。列にしばらく並んで順番が来れば、レジ係に感じよく挨拶し、相手からもおそらく統一マニュアルどおりの挨拶が返される。あとは、商品でふくらんだ袋と軽くなった財布を手に店を出るだけだ。それと対照的なのが、この夏の楽しい思い出に数えられる、友だちとスキッピングに行った晩である。自転車に空のサイドバッグ（収穫の確信がある場合はリヤカー）を装着して、夜の冒険に出かける。

スキッピングで何が手に入るかは、前もって見当がつかない。わかっているのは、何かしら見つかるということと、大量に見つかるかもしれないということだけ。ゴミ箱の中で笑いころげる晩もあった。一番おかしかったのは、コンドームを一カートン発見したときだ。パッケージは水に濡れているけれど、中身はまったく手つかずのまま！　頭の痛い問題が一つ解決した。車にひかれたアナグマの腸でコンドームを作ろうというファーガスの提案にはゲンナリしていたんだ。

第一、そんな代物では未来の恋人がその気になってくれるかどうか。「スキッピングの珍品掘りだしコンテスト」で鼻差《はなさ》の二位につけたのはデイヴ・ハミルトン。ある夜一〇ポンド札を見つけた彼は、翌日オーガニック食品店で良質な食料を購入した。フリーエコノミーの流儀からはややはずれるけれど、デイヴはご機嫌だった。ほかにも、賞味期限の切れたビール（一番おいしい時期は過ぎているが飲むのに支障はない）や、たった一本のビンが破損したためにラベル全部にシミがついて売れなくなったワインを、何ケースも手に入れたことがある。

たいていいつでもパンの十～二十斤は見つかったし、ダンボールに入った果物や野菜に遭遇するのもめずらしくなかった。こんなにたくさんあっても、ぼくらだけでは食べきれない。そこでどうするかといえば、ほかのフリーガンたちと同じ手を使う。かならず喜んでくれるとわかっている友人知人に配るのだ。友だちにはボランティアの仕事に熱心な連中が多く、合計労働時間のわりに低収入だから、食料のカンパはいつだって歓迎された。農場へ帰る途中で、小分けにした荷物を落としていく。受けとる人がビーガンか、ベジタリアンか、何でも食べるかによって、中身は変えてある。ぼくからの荷物のおかげで飼い犬の食費までタダになった人もいる。ふだん食べている缶詰のドッグフードよりも喜んだらしい。

『ガーディアン』電子版の動画撮影でジョン・ヘンリー記者とカメラのムスタファ・ハリーリーがやってきた日のスキッピングも、特筆すべき経験であった。ジョンの書く記事を長年愛読してきたが、まさか一緒にゴミ箱に飛びこむことになるとは思わなかった。彼にとってもさぞや妙な感じだったにちがいない。妻がフランスの新聞の記者をしている関係で、翌日はロンドンでフランス大使とディナーを共にするという話だった。その彼が、今、ゴミ箱からピザだのパイだのを取りだすぼくに手を貸しているのだ。実際のスキッピングに加わり、食べ物の分け前をロンドンまで抱えて帰りさえした彼に、最大級の敬意を表したい。ジュースは子どものおみやげにすると言っていた。「将来はお金のない暮らしをして、お気に入りのジャーナリストと一緒にゴミ箱をあさるんだよ」と十年前に知らされていたら、大学なんてやめてしまっただろうか。それとも、もっと身を入れて勉強していただろうか。

夏のスキッピングは、食べ物を人に配ることがおもな目的だったが、ぼく自身の役に立つ場合もなかったわけではない。特に重宝したのは、フェスティバル前の準備期間である。六月末には生野菜がたえず収穫できたが、高温になるテントの中では保存のきかないものが多くて、五日続きのフェスティバルには向かない。かびたりせず、ほとんど調理しなくてよい加工食品が必要だったので、フェスティバル前の二晩三晩を費やして、豆の缶詰、パン、パンに塗るペースト、果物、ドライフルーツ、スナック類を探しまわった。これらが、ぼくの常食であるオートミール、ナッツ、ベリーを補うことになる。

コラム
タダで楽しむ

多くの人に影響を与えた二〇世紀初頭の政治哲学者にして社会運動家エマ・ゴールドマンは、かつてこう言った。「踊れなくなるような革命にながど加わりたくはない」。みずから選びとった簡素な生活は、退屈なものとは限らない。それどころか、日々楽しくてしかたがないくらいだ。特に夏は！　お金を使う生活は、ときどきひどく退屈に思えてしまう。パブに飲みに行ったり、レストランでおいしい料理を食べたり、映画館で映画を見たりの日常の、いったいどこに冒険があるのか。

自家製のビールができあがったら、パーティーを開きたくなる。「ストリート・アライブ（www.streetsalive.net）」は、都市の路上でパーティーを催すコツを教えてくれる団体だ。路上パーティーは、単に楽しいだけでなく、ご近所さんを家から連れだして一緒にすてきな時間を過ごすのにうってつけの方法なのだ。そこから末長い友情が生まれれば、住んでいる地域に対するイメージも一変し、愛着がわくかもしれない。

夏にはキャンプも楽しめる。ギター、太鼓、それに火をつける道具を忘れずに持ったら、悩みごとは家に残して出かけよう。

美術愛好者向けには無料の展示があり、大きな街の近辺ならつねに何かしらを鑑賞できる。なんと、無料の飲み物が用意されている会場さえあるのだ。カネなし実験中にそのことを知らなかったのが悔やまれる。

無料の映画上映会もしょっちゅう開かれている。興味ある人なら誰でも入場でき、ドキュメンタリー映画などを楽しめる。君の住む街で開催されていなかったら、自分で企画してみてもいい。情報共有の格好の手段になるし、考え方の似た者どうしが集まるチャンスでもある。たくさんの良質なドキュメンタリーが、ウェブ上で無料公開されている。上映会を無料で開くのであれば、プロジェクターを貸してくれる団体も簡単に見つかるはずだ。住んでいる地域のフリーエコノミー・グループにメールで問い合わせてみよう。

音楽好きな人には、「オープンマイク」などの夜の催しがある。無料でアコースティック音楽を堪能できるだけでなく、地元の新進ミュージシャンの才能を発掘する楽しみもある。少しでも音楽の心得がある人は、勇気を出して舞台に上がってみよう。聴衆はきっと応援してくれるから、自信をつける絶好の機会だ。

「マネーセービング・エキスパート（www.moneysavingexpert.com）」「ガムツリー（www.gumtree.com）」などの人気サイトでは、あらゆる種類の催しの招待券が見つかる。BBCのショーは無料で観覧できるものが多い。BBC3の『ラッセル・ハワードのグッドニュース』[*22]に出演したときに驚いたのだが、観客は最高のコメディー（ぼくじゃなくて司会のラッセルの芸だ）をタダで見ることができるばかりか、サービスのビールにもありついていた。ビールは、ラッセルができるだけ笑いをとれるようにとの局側の配慮だったかもしれないけれど。

＊22　若手スタンダップコメディアンのラッセル・ハワードが世界の時事ネタを笑いとばすコメディー番組。

フェスティバルの季節

ぼくの住んでいるイングランド南西部は、夏のフェスティバルのメッカだ。一番有名なのはグラストンベリー・フェスティバル〔フジロックフェスティバルのモデルにもなった、世界最大級の野外ロックフェスティバル〕だが、このあたりでは五月から十月にかけて毎週のようにフェスティバルが開催される。ご想像のとおり、近くに住んでいればなおさら、あれもこれもと出かけたくなるものだ。

カネなし生活を始めたとき、二〇〇九年はフェスティバルに行けないだろうと覚悟していた。第一に、入場料が払えない。第二に、仮に入れたとしても、中ではすべての物が高い。どうしても必要なのは食べ物だけだが、友だちと音楽を楽しむときは酒だって飲みたい。第三に、比較的近くで開催されるとはいえ、少なくとも往復一九〇キロはある。車ならたいしたことはないが、自転車ではばかにならない距離だ。この距離が何を意味するかというと、フェスティバルに行きたければ、非常に多忙なスケジュールから四日間を捻出しなければならないだけでなく、行って帰ってくるための（それも肉体的にかなりきつい）二日間が必要だということである。

五月になって、最初の二つの問題点が解消した。ポール・クロスランドとエドマンド・ジョンソンから、新規プロジェクトの「フリーレンダー」について「ブッダフィールド・フェスティバル」で宣伝するのを手伝ってほしいと頼まれたのだ。彼らの手伝いをすれば、フェスティバルにタダで入場できる。支持するプロジェクトの選択に関しては結構うるさいほうだけど、「フリーレンダー（www.freelender.org）」はその点でもぼくにぴったりだった。物の貸し借りを仲介するウェブサイトを通じて、地域コミュニティー内にある資源を最大限に活かすことが目的だ。本から自転車まで、たとえ買うお金がなくても、借りて使える。みんなのお金の節約になるばかりでなく、限られた資源を活用できるし、親切と信頼を媒介にして強靭《きょうじん》なコミュニティーの形成がうながされる。フリーエコノミー・コミュニティーときわめて近い理想であり、「贈与経済《ギフトエコノミー》」の一角を占めるべく登場してきた組織の好例と言っていい。贈与経済とは、形式ばらない習慣と与え合いの精神文化をよりどころとし、特に交換条件を決めることなく日常的に物やサービスを与えようとする社会運動である。

ブッダフィールドがぼく向きのフェスティバルかどうかは定かでなかった。フリーレンダーの離陸をぜひ手伝いたく思う一方で、チャイだの太極拳だのが多すぎてぼくの趣味には合わないかもしれないという懸念もあった。それでも、ポールとエドマンドが、フェスティバルの五日間は食べ物に不自由させないと言ってくれたので、同行を決意する。昼間はテントで、パンフレットの配布や、貸し借りに対する考えについてのアンケート調査の仕事。ぼくたちは、誰でも必要な物をタダで持っていったり不用品を置いていったりできる無料《フリー》市を開設し、毛布や長靴などの貸借サービスも提供した。フェスティバルの参加者が無料で家に帰れるように、車の乗り合い《リフトシェア》のあっせんもした。

夕方からは、現金がなくたって、うんと楽しい時間が待っていた。何年も会っていなかった友と旧交を温めることもできたし、ブリストルで知り合ったけれど忙しくてゆっくり話したことがなかった人たちと過ごす機会にも恵まれた。サウナに行く日もあれば、すばらしいミュージシャンや、「シーズ・ザ・デイ」らお気に入りのバンドの演奏に耳を傾ける日もあった。これが、ぼくには最高の骨休めとなる。六月の終わりまでは、週に七日間働きづめでいた。フェスティバルでも働いてはいたけれど、種類のちがう仕事には休息と同じ効用があった。しかし、ぼくが娯楽と息ぬきのありがたさと必要性を実感していたころ、このフェスティバルはぼくの人生をもっと大きく変えようとしていたのだった。

発端は、最終日前日の午後四時前のこと。偶然会った友だちが、もうすぐ始まるというお勧めのワークショップを教えてくれた。進行役のパラドックスは、前の晩にすばらしいパフォーマンスで会場の感動を誘った詩人だ。そのワークショップは、「人生の意味とは何か」というよくある問題提起に続いて、その意味が過去にどう変化してきたかを各自が振りかえり、それまでの人生をテーマにした悲喜劇を書きあげようという内容だった。そうした課題演習を「ヒッピー好み」と呼んで切り捨てるのは簡単である。だけど、現代の生活においては、自分の立ち位置や行き先について深く考える機会があまりにも少なすぎると思うんだ。ワークショップの導入部では、「人生というものにたった一つの意味などない。人によって、またそのときどきによって異なる意味を各自の人生に付与することで、関心事や存在意義が定まってくるのだ」という点を、皆で確認した。ぼく自身の過去を振りかえってみたところ、五歳から十二歳までの間は、学校一のよい子でいることに意味があった。十二歳から十六歳まではスポーツでよい成績をあげること、十六歳から二十一歳にかけてはビールに女の子にデザイナーズブランドの服、それにお金だった。その後、二十一歳から二十六歳までは、条件反射的思考から抜けだすこと、この世界について聞かされてきた嘘を解体することに意味を見いだしていた。そして今、ぼくの人生の意味は、これまでに学んだすべてを生かし、地球とその上に生きとし生けるものに対してできるかぎりの優しさと敬意をささげるべく努力することにある。人生最初の二十年をずいぶん消費主義的に過ごしてきたつぐないだ。

パラドックスは真情あふれるみごとな詩を朗読してくれた。彼は波乱万丈の人生を送ってきた。ホームレスになったことも一度や二度ではない。あるときは二人の女性から同じ日に「あなたの子を身ごもった」と言われ（女性どうしは面識がないのに）、またあるときはメキシコで脚を切断する事故にあって生死の境をさまよった。彼と同じ型の血液が足りなかったためだ。パラドックスというペンネームは、この出来事が人生で最悪の瞬間であったと同時に最高の瞬間でもあったというエピソードに由来する。たしかに脚は一本失った。だが、見ず知らずのメキシコ人たちがラジオの全ローカル局を通じ精力的に献血を呼びかけてくれなかったら、脚どころか命を失っていたはずだ。ベッドの上で彼は、それまで自分自身と自分のエゴだけのための人生を送ってきたことを反省し、今後はそんな自分と決別しようと考えた。人の心に訴えかけたい、自分が一番得意とする詩を分かち合うことで、世界の役に立ちたい。それが彼の到達した結論だった。最後に彼はこう言った。死の床についたとき、自分の人生にとって何が本当に重要かがわかるだろう。

それは、どのブランドのトレーナーやシャツを身につけるかでも、去年どれだけかせいだかでもなく、家族、友だち、そして自然そのものであるはずだ、と。

ワークショップのしめくくりに、一人一人が書きあげた詩を朗読した。まわりの参加者に対して抱いたのは、心からの称賛と共感以外の何物でもなかった。以前のぼくだったら「変わり者」とか「鈍くさいヤツ」って思ったであろうタイプも多かったのだけれど。互いの身の上話を聞いたぼくらは、今自分たちがこうして生きているのがいかに驚くべきことかを再認識させられたのである。すっかり心を動かされたぼくは、過去数か月を神妙に振りかえってみて、自分がどういう人間になろうとしていたかを反省した。自分たち人間の引きおこしている破壊と害悪を直視するのがつらいからといって、批判的な態度をとることで対処しようとしてきたが、実際のところ、ぼくに批判する権利などなかったのだ。すべてを他人のせいにできるくらいなら、自分の暮らしを変える必要もなかったわけだから。

パラドックスの感化を受けて、毎日を人生最後の日のつもりで過ごそうと決心する。しかし、その点について、翌朝あらためて釘をさされる運命にあろうとは思いもよらなかった。フェスティバルへの往路九〇キロは自転車で六時間かかった。その途中、ぼく以外の自転車乗りにはついぞ出会わなかったが、アナグマやウサギ、キツネ、鳥など、動物たちの死体はたくさん見かけた。フェスティバルからの帰り道、三キロほどペダルをこいだときのことだ。背後の上り坂のてっぺんから車のタイヤが甲高くきしむ音がしたかと思うと、数秒後に狂ったようなけたたましいクラクションが聞こえた。まったくもう、こっちだって一生懸命走ってるんだから。肩ごしににらみつけようとしたぼくの目がとらえたのは、空中をまっすぐこちらへ向かってくる車だった！　自転車は勢いで前進を続け、車は爆弾が炸裂《さくれつ》するような音を発しながら、二つに折れ曲がって側溝に落下した。落ちた場所は自転車の後輪からわずか二メートルしか離れておらず、左目の視界のはしに見えていた。ぼくが一秒遅く走っていたら、あるいは車が側溝からはねかえっていたら、今こうやってカネなしで生きてはいられないところだった。カネなし状態は変わらなくても、命がなかっただろうから。

車を運転していた女性の無事も確認できた。奇跡のようだった。完全に茫然自失の状態ではあったが、よろめきながら自力で車から出てきたのだ。ぼくは家路を急ぎつつ、こみあげてくる涙をこらえなければならなかった。あまりのショックの大きさにアドレナリンが放出されまくったため、たった四時間で家へたどり着いてしまう。頭の中には、前日のパラドックスの言葉がうずまいていた。今日が人生最後の日だとしたら、どのように過ごすのか。この前誰かに言った最後の言葉に、自分は満足しているだろうか。最後の何時間かを、何日かを、何週間かを、何をして過ごしたのだったか。大切に思っている人たちに、その気持ちを伝えたことがあったか。自分にわからない話をする人に対し、まちがった決めつけをしてはいなかったか。自分はこうありたいと望んだとおりの人間だったか。その答えは、この六月の時点では「ノー」だった。カネなし生活を実行し、自分の信条に忠実に行動してはいた。しかし、それはぼくの望む解決のほんの一部にすぎない。

　ほとんどの人間が「平和」を望んでいると言いながら、「平和」の本当の意味を理解しそこねている。平和とは、天から降ってくるものではない。人間どうしの、そして人間と地球の間の、日常的なかかわり合いを寄せあつめたモザイク画のようなものなのだ。ぼくの人とのかかわり合いはと言えば、真の平和とはかけ離れていることがあまりにも多かった。忙しすぎるからと愚痴をこぼし、ぼくの気に入らない物を買う人について文句を言う。おしなべて、前向きな言動をしてきたとは言えない。平和的に生きるための手段としてカネなし生活を始めたのに、いつしかそれ自体が目的となってしまっていた。もともと取引をラクにする手段だったはずのお金が自己目的化していったのと同じである。パラドックスのワークショップは、自分を見つめ直し、原点に立ちかえる契機となった。

　参加がかなった次のフェスティバルは「サンライズ・オフグリッド」だ。もっと大々的に行われる「サンライズ・セレブレーション」の妹分にあたる。オフグリッド版の開催は、この年が初の試みだった。気候変動やピークオイルなどの問題に真剣に向き合おうと考えたサンライズの創始者ダン・ハーリングの発案によるもので、環境への負荷を最小限に抑えつつ最高に楽しめるフェスティバルを作りあげてみせ、ほかのフェスティバルの手本になれれば、とのこと。ダンからは五月に連絡があって、カネなし生活についての講演を二本頼まれ、喜んで承諾した。二時間のスピーチ二本なら、ブッダフィールドで五日間働いたのよりずっとラクだった。ただし、空き時間にはオルタナティブ経済セクション〔フェスティバル中にのみ使用できる地域通貨関連の事務局〕の手伝いもした。

サンライズ・オフグリッドでは、政治、経済、エコロジー、エネルギー、食、教育、友情、陶芸など、人間社会のありとあらゆるテーマに関するワークショップが四日間にわたって開かれる。夜は、音楽とダンスがめじろ押しだ。

そういう楽しみも重要な要素である。これほどお金と安価なエネルギーがあふれている時代は、かつてない。環境破壊によって人間が幸せになったのならば、それもいいだろう。地球を火あぶりにして喜びが得られたのだとしたら、その行為にもまだ正当化の余地がある。しかし、経済的に豊かになったぼくらが以前より幸せになっていないのは、なぜだろうか。南カリフォルニア大学の経済学者リチャード・イースタリンの指摘によれば、われわれが乗っかっている「消費主義のルームランナー」の問題が大きい。どこまで行っても満足することがなく、つねにより多くを欲しつづけるしくみだ。彼はこう言っている。

> 人はお金があればあるほど幸せになれると思いこんでいます。というのも、収入の増加がもたらす影響について考えるとき、「収入が増えれば増えるほどますますお金が欲しくなる」という事実を忘れているからです。収入が増えると、さらに大きな家が欲しくなります。どんなに収入が増えても満足することなどない。それなのに、家庭生活や健康を犠牲にしてまでお金をかせごうとしているのです。

オーストリアの実業家にして億万長者のカール・ラベダーは、この単純な事実に気づいて、三〇〇万ポンド相当の全財産を寄付してしまった。理由を聞かれて、こう語っている。

お金とは非生産的で幸福をはばむものです。長いこと、裕福になればなるほど幸せになれると信じていました。私が育った家庭はたいへん貧しかったので、懸命に働いてより多くの物を手にしなければならないと教えられ、長年その価値観に従ってきたのです。でも、だんだんと内なる声を無視できなくなってきました。「こんなぜいたくや消費はもう終わりにして、本当の人生を始めるんだ。欲しくもない、必要すらない物のために、奴隷になって働いているみたいじゃないか」

このフェスティバルでは、ぼくが多大な影響を受けた人物と直接会う恩恵に浴した。その一人パトリック・ホワイトフィールドは、ぼくの講演会場に姿を現した。パーマカルチャーの第一人者で、『アース・ケア・マニュアル（*The Earth Care Manual*）』の著者でもある。これからしゃべる内容については、ほとんど最初から最後まで、ぼくよりずっと熟知しているはずだ。そういう人物が聴衆の中にいると思うと、さすがにちょっと気おくれしたが、ありがたいことに彼はどこまでも好意的だった。

トランジション運動の創始者ロブ・ホプキンスによる魅力的な講演も聞きに行った。ロブの話はいつも聴く人を惹《ひ》きつけてやまないが、今回はまた格別であった。彼は、みずからのプレゼンテーションに一時間までという制限を課さなければならなかった。プロジェクターを使うからだ。時間内に終わらせないと、あとでその舞台で演奏するバンドが使うアンプの電力が足りなくなってしまう。自分自身のエネルギーニーズに責任を持つとはどういうことかが、よくわかった。話しおわって質疑応答に移ると、ロブは風力発電で動かしていたノートパソコンのスイッチを切った。通常のコンセントから電気が来ている場合だったら、つけたままにしていただろう。何にしても自前で作れば、少しも無駄にしなくなるものだ。

シーズ・ザ・デイのリードボーカルで作詞も手がけるセオ・サイモンのワークショップにも参加した。シーズ・ザ・デイは、ブッダフィールドでのライブも記憶に新しい、ぼくの好きなバンドだ。セオが二十年来発表しつづけている数々のオリジナルソングは、イギリス内外で、社会正義を求める活動家たちに勇気を与えてきた。つねに運動の現場に立ってきたセオだが、二〇〇九年の夏は、ワイト島にあるヴェスタス社の風力タービン工場の労働者と共に闘っていた。過去三か月間で七千六百万ポンドの利益をあげたにもかかわらず、米国に工場を移転すればもっと儲かると気づいた同社幹部が労働者を解雇したのだ。数か月前に入社したばかりの労働者たちは、安定した仕事だと言われて住宅ローンを組んでしまったのに、まともな事前通告もなしに、わずか二〇〇ポンドの解雇手当でクビにされた。長い職業人生をかけて打ちこんできた仕事を失った人たちもいた。「緑の資本主義《グリーンキャピタリズム》」の正体なんて、しょせんこんなもの。協力ではなく競争に基づくシステムだということが明らかである。

セオのワークショップは「自覚的な直接行動《コンシャス・アクティビズム》」がテーマだった。長年、彼は多くの残虐行為を見てきたが、そのほとんどは、イギリス経済をうるおす側の利益を守れと命じられた警察による蛮行だった。信じがたい不正に対する抗議、直接行動、非暴力デモの経験がある人ならごぞんじのとおり、警官にはひどく高圧的で手荒なのがいる。ワークショップでセオは自分の目撃した多くの出来事について話してくれたが、聞いていてつらくなる話であった。自身もひどい仕打ちを受けている彼が、警官について次のように語るとき、ぼくたち参加者は一様に深く胸を打たれた。えてして活動家は「地球を救いたい」なんて言うけれど、地球はきっと大丈夫、時間がたてば回復するだろう。救済が必要なのは人間なんだ。だとしたら、いったい誰を「救いたい」のか。活動家仲間だけか。活動家と労働者階級だけか。それとも、銀行の幹部も、環境保護主義者も、警察官も、人権活動家も、政治家も、みんなひっくるめたすべての人なのか。

気候変動と資源枯渇の最悪の影響を本気で食いとめたければ、自分と似たような考えの持ち主だけでなく、世の中のありとあらゆる人に対し、思いやりの心を持って向き合う必要がある。地球環境をとりまく現状をひっくり返すには、そのような変革を阻止せよという職務命令を受けている警官も含めて、すべての人間を巻きこまなければならない。警官だって、ふだんは、人間社会のごたごたの始末をつけてくれている人たちなのだ。

この話は、特に身につまされた。フリーエコノミー・コミュニティーにも、「常連さん」だけでなく、ありとあらゆる層の人たちがかかわってほしい。またしても、自分の考えが他人より正しいと思ったら大まちがいだと気づかされるのだった。どちらが正しいかという問題ではないのだから、さまざまな生き方の入りまじった「るつぼ」の中に、もう一つの意見として投げこんでみるしかない。

娯楽と友情と気分転換のひとときとなったフェスティバルだが、日常の雑事にまぎれて忘れていた大事な教訓をいくつも思い出させてもらった。そのうえ、フリーエコノミー・コミュニティーについて宣伝する絶好の機会にもなった。講演のあとには、「こういうふうにコミュニティーを利用したよ」「こんな友人ができたんだ」などと話しかけてくれる人がいっぱいいて驚かされたものだ。

地元フリーエコノミー・コミュニティーの活用

この夏、フリーエコノミーのウェブサイトにはかなりの時間をとられた。実験の経過報告を書くことで、おおぜいの人にサイトを見てもらえた。しかし、一方通行ばかりだったわけではない。ぼく自身もサイトを双方向的に利用した。八月に四週間ほどサイクリングに行く女の子には、キャンプ用品を貸してあげた。地域の公益団体で働く会員に頼まれて、その団体の助成金申請のため、キャッシュフロー予測と損益勘定の表を作成したこともあった。これは、ぼくにとって特に重要な事例だ。カネなしを説く身で資金獲得の手助けをするなんて皮肉な話だけれど、ぼくは理想主義者であると同時に現実主義者でもある。現時点でその団体がお金なしでやっていけるわけがないこと、お金がなければブリストルとバースの子どもたちのための有意義な活動を続けられないことは、ぼくも承知していた。

フリーエコノミー・コミュニティーの恩恵も、何度となく受けた。たとえば、レザーカミソリの使い方を習った。夏前には絶対必要なスキルだ。冬に保温のために伸ばしていたあごひげも、もういいかげん用ずみになっていたので。それから、ノートパソコンが壊れたときに助けてもらったことは忘れられない。古いコンピューターをゆずってくれる人が見つからなかったら、フリーエコノミー・ウェブサイトの管理も続けられなくなる。カネなし哲学の啓蒙活動存続の危機である。ところが、たまたま翌週のフリースキルのつどいのテーマが「コンピューターの作り方」だったのだ。その夜の講師ベン・スミスが、ぼくのために一台組み立ててくれると言う。OSとしてリナックスをインストールする方法も教わった。ベンは、ぼくだけでなくクラスの全員に同様の親切を申し出たうえ、必要な人には無料でアフターケアまでしてくれるとのこと。特にマイクロソフトを嫌っているわけではなく、オープンソースのフリーソフトを皆に使ってもらいたいというひたむきな情熱に燃えているのだ。ベンのおかげで、世界とのコミュニケーション手段を取りもどすことができた。

フリーエコノミー・コミュニティーの助けなしでは、カネなしの一年をまっとうすることはもっとずっと難しかっただろう。だけど、まさにそこが大事なんだ。カネなし生活は、一人でやる必要も、困難に耐えしのぶ必要もない。フリーエコノミー、カウチサーフィン、フリーグル、フリーサイクル、リフトシェアなど、新しいプロジェクトが次々と現れるにつれて、カネなし生活がしやすくなりつつある。それに、ぼくにできることだったら誰にでもできるはずだ。ぼくは、正真正銘、何の才能もない部類の人間なんだから。

夏に過ごした時間は本当にすばらしかった。ほとんど毎日、朝の五時から真夜中までたえず動きまわっていたが、仕事と遊びの境目をまったく感じない。昼間の作業も楽しかったし、夜に都合をつけて友だちと過ごす時間はなおさらのこと。夕方になると、音楽好きの仲間がキャンプファイアのまわりに集まることが多かった。アレックスのバイオリンとウォーリーのギターに合わせて、ぼくらは歌い踊る。肌寒くなってきて、そろそろ残り火の始末をして寝る時間だと気づくまで。スペインのように一年中陽光の降りそそぐ国に住んでいたら、ぼくの実験もどれだけラクだったことかと思わずにいられない。だけど、大陸ヨーロッパに逃れたところで解決にはならない。世界のあらゆる場所で、その風土に応じた持続可能な生活モデルが必要とされているのであって、イギリスもまた例外ではないのだ。

夏至が過ぎた。多くの人が祝う日だが、ぼくは毛嫌いしている。永遠に続くかのような暖かな夕方にすっかり味をしめていたのに、夏至以降はどんどん日が短くなるばかりだ。とはいえ、初めてのカネなしの夏が終わりを迎えても、まだまだすばらしい日々が待っていた。

コラム タダで宿泊する

今日の生活スタイルでは、ときに旅行の必要が生じる。だけど、目的地で宿泊するのに、かならずしもお金を払う必要はないんだ。

田舎では定番のテントが頼りになる。ただし、街なかでは使いづらいし(ぼくは実験中に何度か、街のサッカー場に泊まったけれど)、住んでいる地域によっては夏以外のキャンプは難しいだろう。

そこで、カネなし運動の宿泊面を支援するウェブサイトの出番だ。なかでもイチ押しは「カウチサーフィン(www.couchsurfing.com)」。空いているカウチ(ソファ)と旅行者をマッチングするサイトで、世界中のほとんどの街を網羅している。無料で宿泊できるだけでなく、行く先々で新しい友だちを作ったり、地元のお勧め情報を教えてもらったりできるのだ。ぼくが親友のサラと知り合ったのも、以前持っていたハウスボートのカウチに彼女が数週間泊まりにきたのがきっかけだった。

カウチサーフィンは、「ペイ・フォワード」の考えに基づいているところがいい。規模は断然大きいが、基本的にはフリーエコノミーやリフトシェアと同様、皆がかわるがわる初対面の人を無償で助けることで成りたっている制度だ。

「ホスピタリティークラブ（www.hospitalityclub.org）」や「グローバル・フリーローダーズ（www.globalfreeloaders.com）」も、カウチサーフィンとよく似たしくみのサイトである。

第13章 嵐の前の静けさ

ベッドの上のくぼみに並べてあったCDは、ぶあついほこりをかぶっていた。八枚きりの、コレクションとも呼べないような品だ。なぜ後生大事にとっておいたのか、自分でもよくわからない。ほとんどは十代のころにくりかえし聞いたアルバムである。興味の対象といえば道ゆくかわいこちゃんか、マンチェスター・ユナイテッドが週末にどこと対戦するかだけだった、あのころへの郷愁だろうか。あるいは、コンセントのある暮らしに戻る日が来るかと思って、手元に置いていたのかもしれない。コンセントの先に、ジギー・スターダストとスパイダーズ・フロム・マーズ[*23]のうるわしい世界が広がっているとは思えないけれどね。

それらのCDを最後に聞いてから九か月がたつ。友だちに酒をおごったのも、電車に乗って海に行ったのも、九か月前だ。だが、つもったほこりには不思議な安らぎが感じられた。それは過ぎさった時間の証《あかし》だった。少しずつ層が重なるたびに、目標達成までさらに一週間近づいたことになる。

　もう秋だった。ときがたつほどに、終わらせることに頓着《とんちゃく》しなくなっていった。終着地点がさほど魅力的に見えないのだった。ぼくの心に一番重くのしかかっていたのは、元の生活に戻るという考えだ。精神的にも物理的にもずいぶんたくさんの荷物を手ばなしてこのかた、かつてない解放感と自由を味わってきた。さて、この先はどうする？　街でもう一度仕事を得て、快適なアパートを見つけ、じょじょに「普通」の生活に復帰するのか。それとも、九か月かけて上ってきた坂道は、その先の山なみにたどり着く前の足ならしにすぎなかったのか。

　涼しい夏が過ぎ、八月末になってようやく晴天に恵まれたころ、めまぐるしかった生活にも一息つける静けさが訪れた。人生の贈り物のありがたみを、日を追うごとに理解できるようになっていたが、疲労も感じていた。友だちが海外で夏休みを過ごしている間、ぼくは雑草と格闘していた。休みといっても、一泊二日で森に行くのがせいぜいだったのだ。イングランドの誇るすばらしい秋を満喫するために、少し休息をとることとしよう。実験の期限はどんどん近づいている。そのうち、ジャーナリストたちに向かって唱えつづけていたスローライフが、突如としてまたファストライフにすりかわるだろう、という予感があった。一年の年季が明けたあとはどうする

＊23　デヴィッド・ボウイのアルバム『ジギー・スターダスト』に登場する架空のロックスターとバックバンド。滅亡の近い地球にやってきた異星人がロックスターとなって希望のメッセージを伝えるという設定。

のか、大きな決断をくださなければならない。それには考える時間が必要だ。これまでそんな余裕もなかった。

秋はまちがいなく、ぼくが一番いとおしく思う季節だ。九月の日没のすばらしさ。よく晴れた日の夕方など、この谷間全体が目を疑うほど真っ赤に染まる。鳥たちにも、思いきり遊びまわれるチャンスはこれが最後だとわかるようだ。トレーラーハウスの近くに巣があるツバメは、暗くなる前の数時間、仲間うちにだけ通じる踊りの儀式に夢中になっている。ある日、夕飯前の軽い散歩に出たぼくは、途中で一歩も先へ進めなくなってしまった。縦横無尽に飛びから無数のツバメの群れに取りかこまれたのだ。ぼくの体にぶつかりそうなくらい近くをすり抜けていくのもいる。ダンスは何時間も続くかのようだった。こんなとき、今の暮らしがいかに恵まれているかを実感する。同じ時間にブリストル中心部の通勤列車にゆられるのとは大ちがいだ。

秋は、冒険にうってつけの季節でもある。キャンプと食料採集が趣味のぼくにとって、これから一か月の間、仕事と遊びが一体となる日々が待っている。

野外食料採集の冒険

この秋、時間の許すかぎりは野外採集キャンプに出かけると決めていた。九月、スケジュール帳のすきまを見つけては、食料を集めるかごや袋を手に、友だちとイングランドの大自然を求めて遠出する。歩いていくこともあれば、自転車で行くこともあった。パブやレストランに行くデートの代わりとしてもなかなか使えることが判明した。日常からの脱出に女性を誘うと、OKをもらえる確率が驚くほど高いのだ。世の中、ぼくの財産や給与明細だけを気にする人ばかりではないと思うと、不思議と人生に前向きになれた。この大量消費社会のどこかに、乞食の王子様が現れるのを待っている「カネなし女」がきっといる。そんな希望を持てるようになった。誘いに応じた女性の多くに「たまにはこういうのもいいわね」という以上の気持ちがあったとは、ぼくだって思わない。それでも、この希望は、日々の草とり作業の励みになってくれた。

九月のある日に突然思いたち、美食と享楽とたき火と友情の長い週末を過ごそうと、十五人の仲間と連れだって採集に出かけたこともあった。旅立ちの方角を決めるために、陸地測量局作成の地図の上でビンを回転させる。ビンの口が示したのは西だ。これまでの海外で過ごす休暇とはちがって、この小旅行では行き先は問題ではなかった。そこへ着くまでの道のりが休暇なのである。夜にどこで寝ることにするかは重要でない。今回の旅の魅力は、そのユルさにある。突然決まったので、食料を用意する時間はほとんどなかった。皆で分けるため、持てるだけの野菜は収穫したけれど、今回の趣旨は、行く前に食べ物をかき集めるのではなく、行く途中で集めることだ。道すがら、放牧地沿いの生け垣や、野原で見つけた食料を摘んでいく。

同行した何人もが、食べられるキノコの種類について知りたがった。野山の幸と聞くと、ほとんどの人はキノコを思いうかべる。キノコはさんざん、いわれのない誤解を受けているが、大多数のキノコは食べても問題ない。と言っても、シバフタケとまちがえてアイボリー・ファネル

〔カヤタケ属の毒キノコ〕を片手一杯摘んでしまったら（この二つは同じ場所に生えていることが多い）、苦しみにのたうちまわることになる。一さじのタマゴテングタケ（ファーガスがなかなか新しいスキルを教えてくれないときに、ぼくが脅しに使うキノコ）で大人が死ぬこともある。そう聞くとちょっとおっかないが、やたらに怖がることはない。たいした知識を持たないぼくだって、まだ生きている。そういうわけで、イラクサの生い茂る原っぱでジャイアント・パフボール〔ホコリタケ科のセイヨウオニフスベ〕を見つけたときは歓声が上がった。パフボールを見るのが初めてという仲間も多かったし、サッカーボールに匹敵するサイズだったため、みんな大いに興奮する。全員の昼食に十分な大きさだ。オリーブオイルとニンニクで炒めたら実にうまい。

もう一種類、この週末の遠足で人気の高かったキノコはアンズタケ。かすかにアンズの香りをただよわせる黄色いキノコだ。ぼくたちがこのキノコを見つけたときの様子は、ドロシー・ハートリーの『イングランドの食（*Food of England*）』に描かれているのとそっくりだった。「秋の森の中を歩いていると、突然目に飛びこんできます。ときにびっしりと群生しているさまは、枯れた葉や枝の上に誰かが落としていった、黄金色の破れたショールのようです」。アンズタケは森の落ち葉のじゅうたんにまぎれて見つけにくいかもしれないが、そのおいしさには、一生懸命に目をこらして探すだけの価値がある。ハラタケやオオムラサキシメジ（よく茂った牧草地に生えるキノコ）も、夕食に彩りを添えてくれた。そうは言っても、四日間キノコだけで生きのびるつもりはなかった。それだけでは毎日四〇キロ歩く体力を維持できない。タンパク質に富んだ食べ物も探す必要があった。一番の供給源がナッツである。

道中、もっとも豊富にあって食べやすかったナッツは、ヘーゼルナッツだ。ヘーゼルナッツは店で買うと非常に高価だが、探し場所さえ知っていれば、タダで大量に手に入る。しかも保存性にも優れており、九月に集めはじめて、リスを出しぬくことができれば（ただし、一部は残しておいてあげよう）、一年分の良質なタンパク源を確保できる。冬のたくわえの足しにしようと多めに取ったつもりだったが、友だちを名のるやつらが歩きながらどんどん食っちまって、じきになくなった。一文なしの人間から食べ物を盗むとは、なんてやつらだ。くるみも見つけたが、少し若すぎて水分が多く、それほどうまくなかった。そこらじゅうに見かけるどんぐりは、あまり使いものにならない。タンニンの含有量が多いため、尋常でない苦さなのだ。ただし、家に持ちかえって加工する手間をいとわなければ、おいしいどんぐりパンを作ることができる。

食料探しの旅は、けっこう体力を消耗する。エネルギーを温存する用心が必須だった。特に、夕方テントを張ったあとのお楽しみを逃したくなければ。そこで、ぼくはベリーを集める容器もいくつか持参していた。グーズベリー、ラズベリー、ブラックベリーはふんだんに見つかった。摘んだベリーを容器にためては食べ、食べてはためをくりかえしながら、ぼくらは先へ進む。これが本当の「食べあるき」である。スーパーで売っている慣行栽培のラズベリーは、小さなパッケージで一・五ポンドもすることがある。有機栽培されたものは、なおさら高価だ。この旅では、わずか数分のうちに、みごとな野生のラズベリーで容器がいっぱいになることさえあった。おこづかいをもらいながら旅している気分だ。ふだんのブリストル往復路の四分の一を占める自転車道も、七月から九月までの間、ベリー類がすずなりだった。みずみずしさをたたえた一角が目に入ったら、もう我慢できない。会合に遅刻して、交通渋滞を言い訳にしようとするが、紫色に染まった指先で嘘がばれてしまう。

毎晩、六時にならないうちにキャンプを設営し、火をおこして本日の収穫を料理する。満月の下、アコースティックギター、バイオリン、アフリカンドラムの音色が響く。ぼくらは踊り、歌い、そして眠りにつく。何人かは火のそばで。近くに住んでいる人がいたら文句も出たことだろう。だが、そこがミソで、近くに人家は一軒もない。これこそが、一年をとおして味わった最高の解放感だった。さすらいながら食べるという行為には、体の奥深くにひそむ祖先から受けつつだボタンが押されるような気がする。野において、自然が惜しみなく与えてくれる食べ物を摘み、星の下で眠る生活をしていると、理由はうまく説明できないけれど、まさに自分が生きているという感覚がみなぎってくるのだ。

食べ物自体は、野生の食料採集の一側面にすぎない。現代生活のストレスや執拗な車の騒音から離れて友だちと時間を過ごすのにも、食料採集はうってつけの口実となる。食料採集には、ぼくの求めるすべてがそろっているんだ。自然にどっぷりひたること、冒険、適度な運動、おいしい食べ物。それに、一緒に出かけてキャンプする友だちさえ見つかれば、ちょっとしたパーティーも。

こんなふうに過ごす週末は、ぼくの「通常」の生活に対するすばらしい解毒剤になった。カネなし生活の哲学を広める情熱さえ持たなければ、一年中こうしていたいところだ。いろいろあって気がおかしくなりそうなときにも、しっかり地に足をつけておくために、かけがえのない時間だった。友だちと一緒のカネなし休暇という名目がなくても、きっと一人で出かけただろう。

沈黙の一週間

最後の食料採集旅行から帰って二週間後、一週間の沈黙を守る誓いをたてた。さほど難しい課題だとは考えていなかった。七日間は会話とお金をダブルで手ばなすことになるから笑えるや、と思ったくらいだ。十年前のぼくがこんな話を聞いたら、油ギトギトのでかいバーガーをのどに詰まらせたにちがいない。

言葉をもう一度自分の手に取りもどしたい。言葉でなく態度で自分を表現できるようにもなりたい。それが動機だった。実験開始以来、メディアの注目から現実の日常生活まで、あらゆる意味でハードな日々が続き、生活は大きく変わってしまった。自分が嫌いなタイプの人間になっていくように感じていた。とりわけ、言葉にだらしない人間に。自分だって過去にもっと悪い行いをしてきたくせに、他人をとやかく批判する。自分をよく見せよう、印象づけよう、人を引きよせようという下心のある物言いをする。ここはしばらく黙って、自分を厳しく見つめ直したほうがいい。

八月の食料採集ハイキング中に気づいたことだが、ぼくは行いで気持ちを示すような本物のコミュニケーションを怠って、口先の言葉ですませる傾向がある。昔から、友だちに向かって「大好きだよ」と告げるのにちゅうちょしたこともない。もちろん心からそう思っている場合も多いけれど、面倒くさいからとか、「大好き」な相手にこちらの望む何かをしてもらいたいからという理由で口にすることもあった。言葉を取りあげられたら、好きな気持ちを態度で表すしかない。そのほうがはるかに誠実である反面、たいへん難しいことでもある。「好きだ」というのは快く響くほめ言葉だが、それだけでよしとしてしまってはお粗末だ。往々にして、このセリフは深みと中身をともなわない。

荒野でリア王がグロスター伯爵にたずねる。「世のなりゆきはいかにして見るのだ」。目の見えないグロスター伯爵は、「それはおのずと（感覚的に）見えてまいります」と答える〔シェイクスピア『リア王』第四幕、第六場〕。そう、ぼくももっと「感覚的に見る」ように自分を変えたかった。われわれの昨今の文化では知性が偏重され、強い知性をひけらかす人物がよしとされる一方で、物事を直感でとらえ理解する人はずっと低く見られている。ぼくは前者のタイプだった。インタビューや原稿では、自分がやっていることの理由を理屈でもって正当化することしかできなかった。本能的にどうしてもお金を使いたくないというだけでは、自分の主張を裏づけることができないと思っていたのである。しかし、ぼくの経験では、「感じること」は「知っていること」よりもずっと真実に近い場合が多い。有機農法が慣行農法よりも生態学的に健全である理由を論じて聞かせることもできれば、何も言わずに有機農法の畑と慣行農法の畑に連れていって、どちらが理にかなっているかを心で感じてもらうこともできるわけだ。

最初の数日間はつらかった。それまでにぼくが沈黙を保つのに成功した最長記録は、睡眠時間の最長記録と変わらなかったはずだ。人から話しかけられて答えないでいると、精神的にまいってくる。何事につけても自分の意見を述べないではいられない性格だった。ブッダを気取るような柄でもない。瞑想だってほとんどやったことがないし、数少ない経験では、自分の呼吸に集中するどころか、頭の中でありとあらゆる雑念をめぐらしていたくらいだ。もちろん、瞑想は有益で、もっと意識の高い人にとっては非常に役立つ道具だと思う。ただ、ぼくが上手にできたためしがないというだけなんだ。

相手の反応を観察するのは興味ぶかかった。月曜日には、皆いつもどおり、あれこれと話しかけてくる。火曜日も同じ。だが水曜になると、ぼくに話しかけてくる回数がぐんと減ったように思う。たぶん、返事が返ってきて一緒に笑ってくれる相手に話しかけるほうが楽しいからだ。ほかの全員が聞いたり話したりできる中で、自分だけ耳が聞こえなかったら、声が出なかったら、どんな気持ちだろうか。あるいは、都市でおおぜいの人間に囲まれていながら、一人ぼっちで生きるとしたら——。そんなことを考えさせられる経験だった。たびたび孤独感にさいなまれ、一週間が終わるころには、社会から軽視されがちな人びとへの共感が深まっていた。

この一週間で驚くほど鍛えられたのが自制心だ。この道具はたえず研ぎすましておく必要がある。自己規律のすばらしい点は、人生の一場面で実践していれば、ほかの局面にも簡単に応用できるところ。ヘルマン・ヘッセの古典的小説の主人公シッダールタは、職を求めて訪ねた家で何ができるのかと問われ、「断食することができます」と答える。「それが何の役に立ちますか」雇い主が言う。シッダールタの答えはこうだ「食う物がないときは、断食が人間のなしうる最も賢明なことです」(『シッダールタ』高橋健二訳、新潮文庫、七〇ページ)。自由にできる何かをみずからに禁ずることによって、気骨が養われるのである。

沈黙の一週間で気づいたことは何か。話ができなければ、他人を批判することが(不可能ではないにしても)がぜん難しくなること。何かが気に入らなくても反射的にかみつくわけにいかないので、人の感情を害さずにすんだこと。それにもう一つ。しゃべらずに過ごす一週間は実にためになるから皆に勧めたいが、自分がこれ以上続けようとは金輪際《こんりんざい》思わないことだ。

一方、公式の一年を過ぎたあともカネなし生活を続けるかどうかについては、どちらともまったく決心がつかなかった。もう、残すところたった数週間だというのに。

メディアの嵐2・0

カネなしの世界に、再度、狂乱の日々が訪れようとしていた。実験もあと一か月を残すのみとなり、メディアの関心がまた急激に高まるだろうという覚悟があった。一週間の沈黙の誓いを終えた翌日、『ガーディアン』電子版の編集者アダム・ヴォーンからメールを受けとる。今やっていることの目的と経過について、七〇〇語程度の短いブログ記事を書かないかというお尋ねだ。それを聞いて怖くなった。ぼくは本当に忙しかった。自分のメッセージを伝える機会を与えられるのはありがたいのだけれど、体と心は、ちゃんとした休息を、誰にも会わず何もしない時間を必要としている。はたしてその時間をさくだけの価値があるだろうか。そこで「何人ぐらいが読むブログなんでしょう」と聞いてみた。アダムによれば、下は二千人から、評判のよい記事には何万という読者がつく可能性があるとのこと。どう転ぶかは誰にもわからないのだから、それだけ聞けば十分だった。そのあとの事態には、ぼくもアダムもぶったまげた。寄稿してから数時間もしないうちに論争の的となり、さらに数時間後には、サイト内で「よく読まれている記事」の第五位にランク入りしてしまったのだ。

『ガーディアン』電子版のアクセスランキングは、いわば自己増殖型のしくみになっている。時間のない人はランキングを見て、上位に表示されるニュース記事を拾い読みする。ランキングのトップに短時間で上りつめれば、そこに何日も居すわるかもしれず、その間にインターネットのあちこちへ情報がさらに拡散されるわけだ。議論が議論を呼び、その日の午後には、ぼくの記事がランキング第一位に躍りでてしまった。矢つぎばやに寄せられるコメントのうち、約六割はかつてないほどに好意的な意見、約一割がやじ馬、残りの三割が「しょせんは金持ちの息子《トラスタファリアン》の道楽」という批判だった。トラスタファリアンとは、親の財産《トラストファンド》で自由奔放な対抗文化的ライフスタイルを謳歌するお坊ちゃまお嬢様のこと。

皮肉にも、議論を白熱させ、記事を上位の座にとどめていたのは、ぼくの批判者たちである。コメントは完全に二極化し、結論が出るどころではなかった。結婚の申しこみもあれば、セックスのお誘いも（男女両方から）受けた。身に余る称賛と感謝の声も寄せられた。携帯電話やパソコンを使っているなんて偽善者め、と非難された。おまえのやっていることはアフリカの貧しい人びとに対する侮辱だ、うぬぼれ屋の売名行為じゃないか、云々。実際のぼくはどちらの両極端でもない平凡な男で、自分が正しいときもまちがえるときもあると日々痛感しながら、現時点で最善と思ったことを実行しているだけなんだけど。

結局、くだんの記事は四十万人に読まれ、『ガーディアン』電子版史上最多の閲覧記録となる。ぼくが思想的に絶大な影響を受けたポール・キングスノース（『リアル・イングランド（*Real England*）』、『ひとつのNO！たくさんのYES！――反グロバリゼーション最前線』近藤真理子訳、河出書房新社刊の著者）とジョージ・モンビオ（『地球を冷ませ！――私たちの世界が燃えつきる前に』柴田譲治訳、日本教文社刊、『同意の時代（*The Age of Consent*）』の著者）までもが論戦に連なった。アダムはご満悦で、ぼくに続編を書けと要請してきたし、本家『ガーディアン』からも、別刷りの『G2』に記事を載せたいと申しいれがあった。さあ、第二波の始まりだ。

記事にフリーエコノミー・ウェブサイトへのリンクを入れておいたところ、そちらにもアクセスが殺到した。何日もの間、一分に一人の割合でメンバーが増えつづけ、コミュニティーは一週間で一五パーセント以上の成長をとげる。十一月は連日、日に七五〜一五〇通もの励ましのメールが届いた。その中には、フリーエコノミー・コミュニティーの次なる着地点として、オンライン上から現実世界への移行に期待する声もあった。ぼくの住んでいる場所を公にしたことはなかったのに、なぜか郵便でも手紙が来た。おもしろいのは、これらの電子メールや手紙に、否定的な意見や脅迫めいた文章がただの一通も見られなかったことだ。否定的な物言いには、ブログコメントのような匿名性が必要らしい。これは、ぼく自身のブログでも慣れっこになっている事実だった。

メールの返事はとても書ききれなかったし、世界のメディアがふたたびぼくを追いかけていた。一日で八か国のジャーナリストのインタビューを受けた日もあった。まったくどうかしてるよ、ぼくの体は一つなんだ。執筆中のこの本のしめきりは六週間後に迫っており、何千人規模の無料フェスティバルの準備もしなければならない。その他、カネなしサバイバルにまつわるこまごまとした懸案事項もある。それでも、毎日が張り合いに満ちていた。自分があらんかぎりの情熱を傾けているメッセージが世界中に広まっていくのを目撃するのは、本当にうれしいものだ。おかげで、今まさに必要としているアドレナリンも注入される。そう言えば、久しぶりに、自分のやっていることにそれほど孤独を感じなくなっていた。メールや手紙をくれた人の多くがカネなし生活への一歩を踏みだしたがっていると思うと、これからの数週間に向けて、大きな心のよりどころができたのだ。

コラム

タダでファッションを

もし人類が今ただちに衣類の生産をやめても、分かち合いと修繕の方法を知っていれば、おそらくあと一〇年は着るものに困らないだろう。服の生産をやめれば、土壌にとって望ましい休息を与えることにもなる。というのも、たとえば、世界で使用される農薬の二五パーセントが、多くの国々で単一作物として大規模栽培される綿花に散布されているのだ。

ぼくは服の調達方法を思案して、本と同じようにすればいいのだと気づいた。「必要は発明の母」である。誰かの気に入る服がぼくのところにあって、ぼくの気に入る服を誰かが持っている。それならば衣料品交換会を開いて、皆でワードローブの取りかえっこをすればいいじゃないか。それぞれが「新しい」何かを持ちかえりながら、一銭のお金も、一滴のエネルギーも消費されはしない。

自分で交換会を開催する自信がない人も心配ご無用。オンライン上の組織「スウィッシング（www.swishing.org）」と「スワッパラマ・ラズマタズ」が手を貸してくれる。後者については、検索エンジン（Scroogle! がお勧め）に「Swaparama Razzmatazz」と入力してみてほしい。

リサイクル店やチャリティーショップ（公益団体に寄贈された品を販売する店。売上は運営母体の非営利活動に役立てられる）も古着の宝庫だ。リサイクルと同時に社会貢献もできるのはすばらしい。ただし、うんと安く販売されているとはいえ、タダではない。そこで、衣類を持ちよって自由に持ちかえれる、お金のいらない「無料市《フリー》」の開催（最初は月に一度から）をお勧めする。地域のフリーサイクルグループとも連絡をとって、すでに計画がないかどうか確認するとよい。

「今日の一針、明日の十針」であることもお忘れなく。お気に入りの服の傷みが進んで手おくれにならないうちに、つくろい方を習得しよう。

第14章 一巻の終わり？

これまでの人生で、これほど時間の過ぎるのが速かったためしはない。無買デー前夜の憔悴と不安をまざまざと覚えているのに、もうゴールが見えていた。十か月前、十一月が来るのをさぞや待ちこがれるだろうと予想していたが、今の時点で唯一気にかかっているのは、官僚的な社会に戻るのかという興ざめな考えだけ。最後に窓あき封筒（人間ではなく機械が送ってきたのだとすぐわかる）を受けとってから、もうすぐ一年がたつが、銀行の取引明細とも、公共料金の請求書とも、税金の確定申告とも無縁でいたいという考えに、ますます惹きつけられていくのだった。

よほどの健康上の問題でも起きないかぎり、一年の目標達成はまちがいない。このときぼくには、どのような三十日間にも持ちこたえられるという自信があった。しかし、この十二か月のラストスパートにおよんで、一番精神的にしんどい思いをすることになるとは思わなかった。サバイバル生活の苦労なんかではない。そんな問題は、とっくの昔に解決ずみだった。そうではなく、始めたことを終わらせるにあたって、またとない機会がぼくを待ちうけていたのだ。実験の影響を目いっぱいに増幅し、願わくば、一人の人間によるカネなし生活以上の何かを生みだすような、そんなたぐいまれな機会が。自分にとっての安全地帯にとどまるだけが人生ではない。ねえ、そうだろう。

フリーエコノミー・フェスティバル二〇〇九

『ガーディアン』電子版のブログが公開される数日前、友だちのフランシーヌとアンディーが言った「最終日には、初日よりもっと大がかりなパーティーを開く約束だったよね」。ぼくの返事は「ノー」だ。ブログの記事がフリーエコノミーのウェブサイトやほかのメディアにあれほどの騒ぎを引きおこすことになるとはまだ知らなかったけれど、それにしたって答えは「ノー」だった。ぼくはかろうじて立ち泳ぎを続けている状態だったし、パーティーを開くとしたら、責任はどうしてもぼくの肩にのしかかってくるに決まっている。

しかし、数日間の思案と説得の末、やはり開催することにした。去年のパーティーで味わった高揚感は忘れられない。睡眠なんて、死んだあとにたっぷりとれるんだから。そう自分に言いきかせたのだった。不安と恐怖におののきつつ、数百人分のフルコース料理を出すばかりでなく、丸一日すべてが無料のフェスティバルとする案にも同意した。一日かぎりではあっても、フリーエコノミーが都市でも機能するところを実際に見てもらう絶好の機会になる。それに、一年のカネなし生活の終了記念としても最高の祝い方だ。これはけたはずれの難事業となるだろう。誰に対しても無料にできるかどうかは、誰もが、その日自分にできる仕事を無償で引きうけるかどうかにかかってくる。よし、いっちょう大きくやってやろうじゃないか。昨年のイベントでは、百五十人にフルコース料理をふるまった。ここ一年でフリーエコノミー・コミュニティー自体も拡大し、外部からの関心も高まっている点を考慮すれば、今回はもっとずっと大規模になっていいはずだ。

当日のプログラムを考えて、その実現に要する事物をすべて書きだす必要があった。実験準備の最初に作成したのと似ているけれど、今回は一日だけのためのリストだ。ただし、何千人分かの。ブリストルとバースのフリーエコノミー・コミュニティーのメンバーで、ぼくのトレーラーハウスから四〇キロ圏内に住んでいる全員に呼びかけてみた。「四週間後に、ブリストルでは空前の規模となるカネなしフェスティバルを開催したい。しかも、現金、融資、寄付金、一切なしで」。熱心なボランティアを少なくとも十名は集めたかった。それより少ない人数では、実現はおぼつかない。あまり自信はなかった。予定日まで数週間しかないのだから。ところが、どうして。ぞくぞくと反響があった。過去十二か月のフリーエコノミー運動の成長の表れだ。BBCの人気シリーズ番組『グリーンでいるのも楽じゃない』のスター、ブリジット・ストローブリッジまでが、当日のボランティアとして働きたいと連絡をくれた。一週間のうちに六十人近くのボランティアチームができあがったが、ぼくも会ったことのなかった人がおおぜいいた。フェスティバルが終わるころには、ほとんど全員と友だちになっていたけれど。

二〇〇九年の国際無買デーまでちょうど三週間という夜、ボランティア会議を招集した。まず決めなくてはならないのが、「これだけ限られた時間で今回のような計画がはたして実現可能なのかどうか」だ。次には、「何を」「どのように」「誰がやるか」を決める必要がある。嘘みたいに能率的な四時間の会議の末、「計画を実現に移すこと」「大規模にやること」「一人一人が分担した仕事に責任を持たなければならないこと」に、全員が合意した。これぞフリーエコノミーの実践である。

問題が二つあった。一つは宣伝である。すぐにでも始める必要があったが、その前に二つめの問題を解決しなければならない。会場探しだ。このイベントは大規模なものになる。広くて、街の中心部にあって、しかもタダで使える場所を見つける必要があった。生やさしい仕事ではない。

フランシーヌが重い腰を優雅に上げた。世界のメディアがまたぼくを追いかけだしたそのときに、プレッシャーの多い百八十時間の激務を引きうけるよう説得した張本人だ。彼女が連絡をとったのはオリ・ウェルズ。ストークスクロフト地区に最近オープンしたイベントスペースのディレクターである。この界隈《かいわい》はもともとホームレスとドラッグで有名だったが、ここ三年で、ブリストル随一のアート地区として生まれかわった。彼女がぼくたちのやろうとしていることと、その理由を説明すると、オリはこちらがびっくりするくらい熱心に話を聞いてくれ、この人気スポットの三階全部を無償で貸してくれた。イベントの準備段階から当日の一部始終をＤＶＤに記録してくれたらありがたいと言われたが、純粋にフリーエコノミー流の話であって、それが条件ではない。

この会場には、一つちょっとした難点があった。キッチンが付いていないのだ。実際、水道さえも来ていなかった。完璧な場所が見つかったと思ったら、今度は、コンロにガスに食器類、テーブル、椅子、給湯器、ナベなど、およそレストランに必要なすべての物を探さなければならない。それら全部を借りうけ、一日だけのために会場に運びこみ、翌日には無事、正しい持ち主に返却する必要がある。ぼくは動じないようにつとめたが、とんでもないカネなしの任務をしょいこんでしまった。

今回のシェフ、アンディー・ドラモンドと一緒に、リストを作った。何通か電子メールを送り、何人かに会いに行った。一週間のうちには、七つの団体から、千人が一夜の食事に列席できるだけのキッチン用品を借りる約束を取りつけていた。この七団体には、以前にぼくがキャッシュフロー予測を作成した公益団体も含まれている。コンロに必要なガス探しを担当したボランティアたちは、三〇キロものブタンガスを持ちかえってきた。家々の納屋にしまいこまれて、この先使われるあてもなかったものだ。

すべての品物を時間に合わせて運ぶ必要もあった。そこで、車と自転車の輸送チームが結成された。リストの次の項目は食べ物だ。会場とキッチンのどちらかが手に入らなくても食べ物は必要なくなってしまうので、優先順位の二番目だったのだ。ぼくらは、野生食料採集チームを三組立ちあげた。それぞれを率いるのは、ファーガス、アンディー、ジェームズの三人。ジェームズは、当日提供するリンゴジュースの材料集めとしぼり方も仲間に指導することになっている。スキッピングチームも三組だ。スキッピング経験豊富なツァイとアビーがリーダーを務める。ツァイは、高さ四・五メートルの壁によじのぼったり、街灯の柱をすべり降りたりできるんだ。その身軽さといったら、消防署かサーカスにいたことがあるにちがいないと思わせられるほど。フェスティバル用の食材調達と、野外採集やゴミ箱あさりの技術指導とを融合させてしまおうというのが、ぼくらのもくろみだった。誰にとってもメリットのあるしかけだ。何かを学ぶには実地で体験するのが一番で、ずばりそのとおりの機会となる。

イベント自体が、終始、教育の場であり、スキルの分かち合いの場であった。当日の調理にあたったメンバーには、プロの調理師もいれば、これほど大人数分の料理を作るのは初めてだという人もいるし、自分の食事すらまともに作ったことのない人までいた。一からキッチンを作るのは、ぼくにとって初めての経験で、ガスに関する法規制から、お金を一切使わない物流（キッチン一式を会場に届け、次の日に送りかえす方法）まで、ごく短期間のうちに多くを学んだ。

採集チームとスキッピングチームが野山とゴミ箱でせっせと食べ物を探している間に、ぼくは、地元の食料品店や食関係の団体と話をつける。「フェアシェア」ブリストル支部の事務局にいるピートとジャッキーに、協力を求めに行った。この団体の活動には、つねづね称賛の念を抱いていた。ぼくらが相談に行った全員の例にもれず、ピートとジャッキーの返事も非常に熱のこもった「イエス」だった。フェアシェアは、いくつかのスーパーマーケットと契約を結んでおり、スーパーで売ることのできない食品が発生するたびに受けとりに行き、それを必要とするホームレス用シェルターなどの施設に届けている。ところが、それでもときどき、引きとる廃棄食品が多すぎて配りきれない場合がある。喜んで協力しましょう、とのこと。ぼくのほうからは、当日受けるすべてのインタビューでフェアシェアの話をすると約束した。パン（オーガニックブレッド約二百斤）、豆、スパイシーなスナック菓子から、グラス三百個のレンタルまで、あらゆる物を融通してもらった。結局、フェアシェアから分けてもらった食品は大型バン一台分の量に達し、基本的な食材はこれで十分にまかなえた。

地元の卸売業者何軒かにも渡りをつけた。卸売業者も、何の問題もない食べ物を「法律だから」と廃棄せざるをえない現実に苦悩していた。地元のオーガニック食品生協「エッセンシャル」は、フェアシェアから入手できなかった種類の食品を提供してくれた。クスクス、挽き割り小麦、米、小麦粉、トルティーヤチップス、豆乳、ポテトチップス、チョコレート、ほかにも大量のスナック菓子など。たまたま運がよかったのか、現在の食品制度によほど無駄が多いのか。ぼくの経験から言えば後者だろう。

まだ重要な物がなかった。酒だ。だが心配ない。アンディー・ハミルトンとゆかいな仲間たちがひかえている。無買デーの三週間前、自家醸造チームがビールおよそ四〇〇リットルの仕こみにかかった。モラセス・ビール、ヤロウ・エールから、スパイス入りの酒まである。シナモンが酒に合うなんて考えたこともなかったけれど、なかなかどうして悪くない。どの酒もすばらしい仕上がりだった。各家庭の酒棚からは、一〇リットルのスピリッツ類が寄贈された。すっかりパーティーらしくなってきたぞ。

フランシーヌ、ファーガス、ツァイとぼくで、フェスティバル前夜にくりだす。あちこち歩きまわって何度かスカを食ったあと、とあるゴミ箱で金鉱を掘りあてた。フェアトレードの有機チョコレートスプレッドがビン入りで七百個。数週間前に店頭で買えば二千ポンドはしたはずだ。成分のほとんどは砂糖なんだから、現実的に考えてあと五年間は食べてもさしつかえないだろう。しかし法律は法律であって、人間の裁量が許される余地はない。

フルコース料理も含めて、当日供する食べ物のすべては完全にビーガンとする。それなのに、肝心な食材が足りなかった。果物と野菜だ。「サマーセット・オーガニック・リンク」のクリスティナからすでに分けてもらった分はある。この有機農業家組合は、収穫物や資源を自分たちで共同管理することによって、大手スーパーによる食品業界支配に対抗しているのだ。クリスティナの提供してくれた野菜は、ありがたいことに九〇キロほどにものぼった。それでもなお、必要量には約一五〇キロ不足していた。

アビー（カネなし生活をしようとイギリスに移住してきたアメリカ人だ）率いるゴミあさりチームが二晩かけて、山のような野菜を救出してきた。だが、その程度では、予想される需要をとても満たせるものではない。エリー、ファーガス、ツァイの三人組に、約十五の卸売業者が出入りする地元の青果市場へ行ってもらうことにした。危険な作戦ではあった。出むくにはフェスティバル当日の朝まで待たなければならない。それより早く行っても、業者の受ける注文数が確定していなかったり、どの野菜を処分するか決まっていなかったりだからだ。しかし、これに賭けるしか方法がないとなれば、三人も異は唱えなかった。ぼくの神経は相当すりへってきた。何千人が食べ物を期待しているのに、二十五人の朝チームによる調理開始までたった二時間となった今、必要な野菜の半量しか手元にないのだった。

「公式にカネなし」でいる最後の朝でもあった。ぼくはインタビューのために残り、最後のスキッピング班が出動するのを、祈るような思いで見おくる。どのインタビューでもフェスティバルとウェブサイトを忘れずに紹介することに意識を集中しようとしたが、心が卸売市場へと飛んでいくのを抑えられなかった。三人組は、手ぶらで場外につまみ出されているのではないだろうか。BBCラジオ（ファーガスの地元のケント支局）とのインタビューの最中に、ツァイからショートメッセージが来た。「鷲《わし》は舞い降りた[24]」。バン一台に満載の食材を獲得できたらしい。青果市場の人たちもまた協力的だった。毎週土曜の朝が来るたびに、まだ食べられる野菜を始末しなければならないことには、やはり嫌気がさしていたのだ。ああ、これでフェスティバルを開催できる！

当日の呼び物は料理だけではなかった。ブリストルの北の小さな町ストラウドから来たボランティア、エルシーとケイティーの二人は、二週間かけて集めた衣類で、無料の洋服屋兼交換所を開く。誰もが立ちよって、飽きてしまった服を寄付したり、気に入った物をもらっていったりできる。この二人は、服の修繕の仕方や、古い包装紙などで実用品を作る方法を教える手仕事コーナーも開設する。ジュリア、エリー、ダイの三人が開くのは本屋兼交換所だ。前日までで、すでに何百冊もの本を集めてしまった。ぼくは、八本のリレー講演プログラムを企画した。クレア・ミルン（トランジションタウンの食品政策アドバイザー）、アルフ・モンタギュー（テレビでフリーガニズムが取りあげられる際の常連協力者）、キアラン・マンディー（トランジションタウンのオルタナティブ経済アドバイザー）らのほか、ファーガス（野生の食材の変てこな調理法について）とぼく（一年のカネなし生活について）もしゃべる。

芸能担当に名のりをあげたサラは、ブリストルの音楽シーンで売れっ子のミュージシャンたちを集めてきた。普通なら相当のギャラを払って来てもらうようなバンドぞろいで、それも、土曜の夜にうまく空きがあればの話である。実のところ、サラは出演依頼などする必要がなかった。すべて向こうから連絡があって、無償で演奏しようと申し出てくれたのだから。ミュージシャンたちの熱意は、ぼくらに負けていなかった。そればかりか、サラは、地元のプロジェクト「ビシクレット」からペダル式発電ステージまで借りてきた。夜の音楽プログラム全体がオフグリッド

＊24　人類初の月面着陸成功を伝えたアポロ宇宙船船長の言葉。ジャック・ヒギンズの同名のベストセラー小説にも、作戦成功を知らせる暗号として登場する。

でまかなわれることになるわけだ。観客が十五分交代で自転車をこぎ、アンプを動かしつづける。ぼくは「ブリストル・フード・ハブ」〔市民や学童を対象に食育を行う公益団体〕からスムージーバイクを貸してもらった。こちらは、ペダルをこぐとおいしいスムージーができあがるしかけだ。ふだん一日あたり一五〇～二五〇ポンドでレンタルされている装置だが、どちらの団体も無償で貸してくれた。まるで、取ろうとせずに与えることだけを考えて何かを始めると、まわりの人も同じようにしたくてたまらなくなるみたいだ。

ぼくは無料の上映会も計画し、『負債としてのお金』『モノの一生』『アースリングス』『エイジ・オブ・ステューピッド』『トランジション・ムービー』などの映画をそろえた。ロブ・ニューマンのすごく笑えて啓蒙的なスタンダップコメディー『石油の歴史』も忘れちゃいない。[*25]会場ビルの上の階では何人かの鍼灸師やマッサージ師が開業していたが、通常は一時間三〇ポンド以上の治療費を取るところ、この日は無料で施術してくれることになった。当日、治療を終えたあとに、料理やエールを楽しんだり音楽に合わせて踊ったりする姿を目にしたぼくは、「物事のやり方は決して一つではない」という認識をいっそう強めた。交換に基づかなくとも、贈与に基づくやり方があるのだ。実際にうまくいくやり方が。

会場の設営と食材の仕分けに丸三日かけた末、いよいよその日がやってきた。ぼくのスケジュールはかなり立てこんでいた。朝の六時を皮きりに、全部で十六本のインタビューが入っている。そのうちの一本が『BBCニュース24』の生放送インタビューだったせいもあって、会場のハミルトンハウスの外にはオープンと同時に長蛇の列ができた。インタビューのほかに、十四時間にわたる無料フェスティバルのまとめ役というささやかな（！）仕事があるし、その間に九十分の講演もこなす。

マーガレット・サッチャー[*26]とデートするほうがまだましに聞こえるだろう。ところが実際は、これ以上は望みようがないくらい充実した一日だったのだ。調理場にも、満員の会場にも、信じられないほどポジティブな空気と高揚感があふれていた。集まった数千人の人たちは、寄付金も融資も受けずに、どうして全部を無料にできるのか合点のいかない様子。さまざまな社会経済的背景の人びとが共につどい（企業人とホームレスが、レッテルに関係なく人間どうしの会話を交わす姿も見られた）、思いつくかぎりのすべてが完全に無料だというめったにない一日を楽しんでいた。

夜の七時には、ぼくもやっと腰をおろすことができた。あとは、調理班の準備してくれたすばらしい料理（ファーガス特製のハマフダンソウ〔ヨーロッパの海岸に自生する、ほうれん草に似た植物〕のシャーベットに、各種のカレーやパスタ）を味わい、好きなバンドの演奏に耳を傾けながら手製のオーガニックエールを堪能する

＊25　いずれの作品もインターネット上で視聴可能（ほとんどが無料）。『負債としてのお金』『モノの一生』『アースリングス』『エイジ・オブ・ステューピッド』は日本語字幕版もある。

＊26　一九七九〜九〇年の英国首相在任時に新自由主義的改革を強硬に進め、「鉄の女」の異名をとる。もちろん、著者の思想信条とは完全に相いれない。

だけだ。四週間の奮闘努力が報われた。ほぼ千人に少なくとも一皿ずつの料理は提供できたし、入場者は三千五百人を超えた。一銭もかけないですべてが行われたなんて信じられないと、その後何週間も皆の語り草となる。フリーエコノミーは、もはや、「エコ系」「左翼」「ヒッピー」だけの関心事ではなくなったようだ。

感動的な一日だった。皆が見返りを一切期待せず、その日のために自分のできることをしている姿には、非常に心をゆり動かされた。人間が「どれだけ得られるか」ではなく「どれだけ与えられるか」を考えて生きることにしたならば世の中こうなるだろう、という最高に美しい例を見せてもらったのだ。何人かの仲間は、十二時間ほとんど休みもとらず、料理の盛りつけにかかりきりだった。給料をもらっても、そこまで働く従業員が何人いるだろうか。でも、ボランティアたちの顔には本物の笑顔があった。

働く楽しさ以外にはほとんど見返りのない重労働だったが、終わりを迎えたときには全員が残念がったものだ。ぼくはおおぜいの魅力的な人と出会い、いくつもの新しい友情を結んだ。この経験の全期間を通じて、すばらしいいきさつができあがっていた。

ここ数週間は頭が心を支配している状態で、「お金を使う生活に戻るのだ」と自分に言いきかせつづけていた。フリーエコノミー・プロジェクトの長期的構想にまつわるやっかいな問題のせいでもあり、休息が必要だと感じていたせいでもある。カネなし生活は最初に想像していたほど難しくはなかったが、「もっと多く」という欲望のみで回っている社会の中では、強い潮流に逆らって泳いでいるような気にさせられる。しかし、フェスティバルがあまりに感動的だったので、最終決定は先延ばしすることにした。高ぶっている感情が落ちつくまで待つ必要がありそうだ。どの道を行くにしても、人生の大きな決断となるのだから。

コラム

おむついらずの子育て

小さな子どもがいて、お金と資源を同時に節約する画期的な方法を探している人たちから、おむつについての相談を受けることが多い。西洋社会では使い捨ておむつの使用がごく当然とされていて、ほとんどの母親がそれ以外の方法を想像すらできないのも無理はない。しかし使い捨ておむつは、生態環境にとっては悪夢と言っていいのだ。「環境を考える女性のネットワーク（WEN）」によると、イギリス国内だけでも一日に約八百万個がゴミになっており、イギリスの赤ちゃんが一年間に使用する量は三十億個にものぼる。親たちがおむつに支払っているお金は、平均して年五〇〇ポンド。最低賃金で働く人ならば、まるまる二週間分の労働に相当する額だ。

布おむつにすれば、このようなゴミは減り、お金も節約できる。それもよい選択だけれど、ほかにも手はある。「おむつなし育児（www.nappyfreebaby.co.uk）」または「排泄コミュニケーション（EC）」と呼ばれる方法では、赤ちゃんの「排泄したい」というサインや気配を親や保育者が読みとって、おまるやトイレに連れていく。おむつをまったく使わずにすめば理想だが、必要に応じて併用すればいい。排泄コミュニケーションを実践すると、世界のおむつの山が大幅に減るだけでなく、わが子の気持ちを理解する力も身につく。

この方法は、比較的工業化の進んでいない国々の伝統に想を得たものである。新しいように見えるかもしれないが、古来の知恵を復活させただけなのだ。

このやり方が成功する様子を目にして、ぼくは深い衝撃を受けた。赤ちゃんにおむつが必要ないなんて初めて知ったし、それよりもショックだったのは、なぜもっと早く気づかなかったのか、ということだ。

続けるべきかやめるべきか（それが問題だ）

ここ二か月は異常な忙しさで、一年の公式期間が終わったあともカネなし生活を続けるのかどうか、じっくり考える機会がなかった。簡単な決断のように見えて、最後の最後までぼくは迷っていた。ぼくの心は「続けたい」と叫んでいるし、頭の中のあちこちでもそれに賛成の声があがっている。これまでの人生で、こんなに幸せで健康だと感じたことはなかった。今よりも楽しくない生活にわざわざ戻らなくたっていいじゃないか。

しかし、人生とは簡単に白黒をつけられるものではない。本の出版契約を数週間前にすませており、お金がぼくを待ちうけているのだった。ぼくがどういう決断をくだそうと関係なく、本は代価をとって販売されることになる。そこから発生する印税は、ぼくが好きなように使えるわけだ。この利益をどうするか、選ばなくてはならない。

第一の案――出版社に渡す。代理人のサリーアンには受けが悪そうな選択肢だ。彼女はこの一年、本当によくしてくれた。普通だったらサリーアンとぼくが受けとるはずの手数料をぼくが断っても、何も言わなかった。それでいて、この本の編集には並々ならぬ労力を注いできたのだ。

第二の案――代理人に全額渡す。サリーアンはさぞ喜ぶだろう。

第三の案――支持するプロジェクトに寄付する。

第四の案——現実のフリーエコノミー・コミュニティーを築く土地を購入するため、信託基金を設立する。この案を選んだ場合、ぼくが土地を所有することはせず、コミュニティーはメンバーの手によって合議制で運営する。

どうしたらいいかわからなかったので、フリーエコノミー・コミュニティーのブログで意見をつのったところ、それまででも最大級の反応があった。実に五百人以上から、コメントや電子メールが寄せられたのだ。

決心

結果は圧倒的だった。九五パーセントの人が第四の案を支持した（ときどき立ちよってタダで泊まれる場所が欲しいのかもね！）。ぼくは一大決心をする。フリーエコノミー会員の多数意見を採用することとし、一方でカネなし生活は可能なかぎり続けていく。

第三の案を支持する五パーセントの人たちからは、まったくの善意によるものとはいえ、やんわりと批判された。これはかなりこたえた。批判の主はぼくの尊敬する人たちであり、さらに重要なことには、ぼくとほとんど同じ考えの持ち主だったからだ。心のうちは、この人たちもぼくも、同じ理想主義者だった。しかし、時間とともに、ぼくは自分の中の理想主義者と現実主義者を対話させる習慣を身につけてきた。二年前だったら、まちがいなく第三の案を選んでいただろう。はたして以前より賢くなったのだろうか。それとも、自分の道を踏みはずしてしまったのだろうか。

批判の趣旨はこうだ。もしぼくが土地を購入したら、現実のフリーエコノミー・コミュニティーはもはや「カネなし」ではなくなる。それでは社会に対して解決策を提示することにはならず、茶番でしかない。ぼくも、この意見に完全に反対はできない。しかし、人生はそんなジレンマに満ちあふれているのではないだろうか。最善と思われる選択肢を選んでやってみて、その論拠を毎日問い直していくぐらいしか、ぼくらにはできない。今回の批判者たちは、コメントを寄せるために利用していたフリーエコノミー・コミュニティーのウェブサイトが、ぼくのハウスボートを売ったお金で作られたことを知らなかった。サイトのおかげで何千人もの人たちがお金への依存度の小さい生活にシフトしており、強靭なコミュニティーが再構築されつつあるという事実は、サイトのためにぼくがお金を支払ったという一事によって帳消しにされるのだろうか。それとも、目の前で今起きている現象だけを重視すべきなのだろうか。これら二つの状況は、比較検討してみる価値がありそうだ。さらにもう一つ、こんな例も考えられる。多くの奴隷は、自分と子どもたちの自由を、お金を出して買わざるをえなかった。長期的な自由をあがなうために一度きりの支払いをすることは許されるのか。それとも、主人にお金を払ってしまったら、変えたいと望むシステムを追認することになるのか。ぼくにはまだよくわからない。

コラム タダで月経に対処する

カネなし生活を始めるにあたってまず解決しなければならない問題は、日ごろ頼っている使い捨て製品をどうするかだ。買えるわけはないし、作るにしても時間と資源を消費する。

カネなしで月経とどうつきあうかは、男のぼくには扱いにくいテーマだ。女性の健康問題にはあまり詳しくない。月経の処理には、ほとんどの女性が使い捨てナプキンを選んでいる。廃棄物コンサルタント会社のフランクリン・アソシエイツによると、一九九八年には、六五億個のタンポンと一三五億個のナプキンおよびそのパッケージが埋め立て地や下水設備にたどり着いた。お金を使わない月経処理法として、ぼくでさえ知っているのが「ムーンカップ」[*27]だ。このシリコン製カップを膣内に挿入して経血をためる。カップの吸引力で子宮頸部《けいぶ》の上に固定されるようにできている。正しく手入れすれば一個で一生使えるから、お金も節約できて、環境への貢献も非常に大きい。

ここでもやはり、お金のかからない選択が、人間の暮らす自然環境のためにもなるのである。

フリーエコノミー・コミュニティーの長期的構想

ぼくは第四の案を選んだ。信託基金を設立し、この本から生じる利益の一切をそこへ集約するのだ。そのお金は、このプロジェクトが根を下ろす最初の土地の購入にあてる。この本を書いている時点ではまだ、詳細についての議論が尽くされていない。公式実験期間中はそれだけで手いっぱいだったし、終了後の数か月は本の執筆に全精力を傾けてきた。でも、頭の中には構想ができている。

このコミュニティーは、オンライン上のフリーエコノミー・コミュニティーやぼくの実験と同じ原則に基づくこととする。必要なインフラの準備には、なるべくお金をかけず、地元で手に入る材料、不用品、人間の熱意とやる気を最大限に活用するつもりだ。所定の移行期間が過ぎたら、紙幣、硬貨、小切手、電子マネーなど、どんなお金も一切使わない。コミュニティーの核となるのは、食、友情、遊び、たき火、採集、音楽、ダンス、アート、教育、気くばり、資源とスキルの分かち合い、経験、尊敬、そしてゴミあさりだ。

ぼくらはパーマカルチャー的な意味での「閉じた円環のシステム」をめざし、必要な物は自分たちの周囲の環境から調達するようにする。ただし、人の受けいれと支援の意味においては、土

＊27　英国ムーンカップ社の販売する、くりかえし使用可能な月経カップ。アメリカ、カナダなどでも類似の製品が売られている。

地の収容能力が許す範囲で、できるかぎり開かれたコミュニティーにしたい。オンラインコミュニティーのメンバーは誰でもやってきて参加できる。ここを去るときには、役立つと思ったアイデアを持ちかえって、自分の生活に取りいれたらよい。しかし、メンバーだけを対象とするわけではない。コミュニティーは、それを必要とするすべての人に対して開かれるだろう。将来の可能性の一つとしてカネなし生活を視野に入れながら、ここで何日か過ごしてみたいという人も歓迎だ。

コミュニティーにおいては、環境への影響《インパクト》を抑えた生活と、効果《インパクト》の高い教育や体験とを結びつけるつもりだ。ぼくは実地教育を信奉している。毎日の生活をとおして学ぶことはたくさんある。いろいろな分野の達人とともに外に出て働き、お互いの生活を助け合う中で、学びたい技術、学ぶべき技術が、自然と身についていく。ここを、いわば持続可能性の中核的研究拠点としたい。教鞭《きょうべん》をとるのは、世界でも指折りの実践者たちだ。教師らは自分の時間を投じて、持っているスキルを無償で分け与え、ぼくらは土地を無償で提供し、生徒たちは無償で学ぶ。願わくは将来、学んだことをほかの人にも無償で伝えてくれたらうれしい。

これはフリースキルのつどいのしくみと同じである。フリースキルのつどいは、よき教師役を探しもとめる必要のない段階にまで成長した。スキルを教えたいという申し出が次々と舞いこむのを、ぼくらはありがたく受けるだけでいい。ちまたで開かれる持続可能性に関する講座は、ボランティアや低所得者にとって料金が高すぎる場合があるけれど、ここではその心配は無用だ。

生態系に配慮した暮らしをすでに始めている人だけでなく、ありとあらゆる層の人に参加してもらいたい。教育は無料化できる。必要なのは、教育を手助けできる人の決意だけなのだ。

スキルの分かち合いは、コミュニティーに定住する人たちにとって、生活の一部となるだろう。さまざまなスキルを持つ住民からなる中心グループは、生活する中でじょじょにスキルを分け与えていく。ある日は大工が採集人を助け、次の日には採集人が栽培者を助ける。ある晩ゴミを集めに出かけた人が、翌日はほかの仕事で忙しい仲間のために夕食を作る。誰もが、本当にやりたい仕事を見つけることができるだろうし、気が変わったら、また別の仕事をしてもかまわない。プロジェクトの成功に欠かせない誰かがコミュニティーを去らなければならなくなったとしても、代わりの人が現れるまで、皆で協力して穴うめできるはずだ。

完璧な土地を見つけるのは簡単ではないだろうが、ブリストルから八〇キロ圏内で探したい。自給生活にはいくつかの資源が必要となる。最も重要なのが水源。理想を言えば川が流れているとよい。飲み水の供給源となるだけでなく、洗濯もラクだし、小水力発電にも利用できる。夏に泳げる点も魅力だ。そこそこの規模の森も欠かせない。すでに成長した果樹があれば申し分ない。だけど、完璧な条件に固執するつもりはない。基準のいくつかを満たす土地があれば、十分に可能性があるということだ。

コミュニティーは、持続可能性のテーマパークのようなものとなるだろう。アースシップ（農家はアースシップにしたい）をはじめとする各種のパッシブソーラーハウス、ラムドアース工法

〔型枠に流しこんだ土を突きかためて壁を作る方法〕など、許可の下りるかぎり、さまざまな方法で環境負荷の小さい住居を建てよう。付帯する設備としては、葦床による汚水処理システム、人間の排泄物を肥料に変えるコンポストトイレ、フォレストガーデン〔森の植生にならって庭を作り食物生産の場とする考え方〕、温室、養蜂箱、風力タービン、土窯にロケットストーブなど。カギとなるのは設計だ。設計さえうまくいけば、ほとんどゴミが出なくなるし、土地の作用と人間の働きの相乗効果で、コミュニティーのエネルギー効率を最大限に高めることができる。

コミュニティーの法制をどうするかについてはまだ固まっていないが、最初のうち、コミュニティーが一人だちするのを見とどけるまでは、運営委員会のようなものを置くことになるだろう。本来の意図を逸脱しないよう、揺籃《ようらん》期のコミュニティーの方向づけをこの委員会が担当する。ちょうど親が新生児の面倒を見るのと同じで、委員会は子どもを所有するのではなく、成長期の間だけ手助けするのだ。カネなし生活、有機的な生き方など、コミュニティーが見失ってはならない中心的指針はいくつかあるが、それ以外の構造は、住人たちで創造していく。

この構想の実現には障害も多い。税金、建築許可、社会的圧力、周辺住民の意向のほか、適した土地を取得できるかという問題もある。それ以外にも、当然、多くの懸念材料が浮かんでくる。どれも、いつかは取りくまなければならない問題だ。だとしたら、ぼくたちが取りくまなくて誰がやる？　今やらなければ、いつやるのだ。どうせ大きな影響を被るのは、ぼくたち自身よりも次の世代なのだから、次の世代に闘いをゆだねたほうがよいのか。それとも、そのときが来たら子どもたちに住みよい地球を引きつげるように、親の世代として努力すべきなのだろうか。一生たゆまず働いてローンを払いつづけた愛着ある家を、わが子に相続させたいと考えるように。

夢と現実のはざまで

一年のカネなし生活は公式の幕引きを迎えた。二〇〇九年十一月二十九日、日曜日の真夜中のことである。とうとうやりぬいた。やめたければ、もういつでもカネなしをやめられる。当初の目標は達成したのだから。でも、ぼくはやめたくなどない。この生活を続けたいと本心から思っていた。

元の生活に戻らない決断をしたときは、肩に乗せた重いバーベルを頭上に高く掲げたような気分だった。友だちや家族からはこのうえない励ましを受け、驚き怪しむ声は聞かれなかった。ぼくの選択がすんなり受けいれられたのは、ぼくが愛されているからでもなければ、愛されているにもかかわらず、というのでもない。実験の成功によってぼくがどれだけ幸せになったかを、理解してもらえたからだと思う。

心を決めた直後に、自分の決断が正しかったと実感する。フェスティバルの二日後、ブリストルで一番大きなショッピングセンターを歩きながら、まわりの様子を観察してみた。道行く誰も彼もが正気を失っているように見える。米国のスーパーマーケットでは二〇〇八年、殺気だった客がバーゲン開始を待ちきれずに店内へなだれこみ、下敷きになった男性従業員が死亡した。ここイギリスでも、二〇〇五年の大型家具店開店時に同じような事故が起きている。開店記念の目玉商品を探す客たちに押したおされて何人かが負傷した。サウジアラビアでは二〇〇四年に、「バーゲンハント」の名のもとに三人が死亡、十六人が負傷している。ついに人間は、いくばくかの金を節約するために他人を踏み殺すようにまでなってしまったのか。

クリスマスの買い物シーズンまっさかりのショッピングセンターは、押すな押すなのにぎわいだった。せわしない買い物客の群れの中から、「無料でハグします」というプラカードをかかげたグループが現れた。この人たちはそこに陣取ると、宣伝文句を実行に移した。十五分の間、希望者全員を無料でハグしつづけたのである。順番待ちの列ができるほど、その「商品」は人気を集めた。だが、無料のハグはお金にならない。たちまち警備員らの手で外へつまみ出されてしまった。ショッピングセンターは公道のように見えて、実は私有地なのだ。企業の敷地内では、ハグですら無料で配ることを許されなかった。今日の大量消費文化において許されている（それどころか、むしろ奨励されている）のは、一人の人間が実際に必要とするよりもはるかに多くの地球資源を消費することであって、消費の場へ向かっている人をハグしようとすることではないらしい。

この世界が「もっともっと儲けたい」という強迫観念で動いていることを再認識させられるひとコマだったが、ぼくは、一年間のカネなし実験から非常に大きな希望を手にしていた。完全なカネなしにはならないまでも生き方を大きく変えたいと真剣に望む人たちから、毎日数えきれないほどのメールやブログのコメントが寄せられた。働く時間を短縮して生活を楽しむ時間を長くとれるように消費を削減したいと言う人もいれば、自分のカーボンフットプリントを大幅に減らしたがっている人も多い。ゴミのリサイクルから始めたいと言う人もいた。さらに勇気づけられたのは、何百人もの人が、現代社会初のカネなしコミュニティーの創設に手を貸したいと言ってくれたことだった。

ぼくらは、お金のない世界はもちろん、持続可能な生活からもほど遠い位置にいる。それでも、人類の直面している将来の課題に気づく人はどんどん増えているのだ。新聞や雑誌で環境問題に割かれる紙面は年々増えており、気候変動はしょっちゅうトップニュースになる。人びとはまさに変化を起こしつつある。小さい変化もあれば大きな変化もあるが、いずれにしても生態環境にとってよい方向への動きだ。時間はかかるだろう。だけど、ぼくらの子どもたちに果実を味わってほしいと思うならば、今、できるだけ多くの種をまくしかない。自分が生きているうちにはオークの木陰で休めるようにならないからといって、どんぐりを植えるべきでないという理由にはならない。

ぼくはベンチから立ちあがると北へ向かって歩きはじめ、ショッピングセンターを出たところで振りかえってほほえんだ。この先何が起きようとも、人類が変化を受けいれるにしても、消費に溺れるにしても、伝説的なコメディアン、ビル・ヒックスが言ったとおり、「この世は遊園地の乗り物にすぎない*28」ことを忘れずにいたい。この贈り物を、思いこみでゆがめたりせず、あるがままに楽しもうではないか。

＊28 ビル・ヒックスは、一九九四年に三十二歳で没した米国のスタンダップコメディアン。ここに引用されているのは、強迫観念にかられて蓄財や保身に励む人間に対し「おれたちが現実だと思って怖がっているのは本当の現実じゃない」と覚醒をうながした有名なセリフ。

第15章

カネなし生活一年の教え

どのような生き方を選んでも、日々、何かしらを教えられる機会がある。ところが、ふだんはなかなか、そうした教えを受け入れる心の準備ができていない。もっと悪いことには、それを新しい何かを学ぶ機会ととらえずに、失敗だとか、やっかいごとだとか、災難だとさえ考えがちだ。M・スコット・ペックは『愛すること、生きること』の中で、「人生は困難なものである（中略）いったん人生が困難なものであると（中略）理解して受け入れる（中略）ならば、人生はもはや困難ではない」（氏原寛・矢野隆子訳、創元社、一四ページ）と言っている。ぼくの一年は、ある意味では困難の日々だったが、見方を変えれば、これまでの人生で一番幸福なときであった。人生とはつねに「完全」なものではないこと、この社会で当然視されている事物のすべてが、かならずしも神の与えたもうた権利ではないことを、ぼくは実験を通して受けいれるようになった。人生はいつだってなるようにしかならない、完全に不完全なものなのだ。この事実に身をゆだねてしまったあとは、カネなし生活につきもののちょっとしたやっかいごとや不便さを受けいれるのが、楽しみに変わった。

実験でぼくの毎日は一変した。一年間でこれほど多くを学んだのは、生まれて初めてだ。まったく無意識のうちに身についていた教えすらあった。

他人を過小評価しないこと

カネなし生活のつらさの一つに、人にどう思われるかという心配がある。世間一般の目はそれほど気にしなかったが、親たちには、それまで努力して得た一切を投げすてているように思われやしないかと心配だった。ふたを開けてみたら、この懸念はまったくの杞憂《きゆう》に終わるのだが。実際、この一年に関してぼくが一番うれしかったのは、両親の反応だ。最初のうちは父さんと母さんもどう思ったかわからない。その点についてはお互いにあまり話さなかったから。ぼくは幸せな息子だ。たとえぼくの姿勢に反対だったとしても――おそらく反対だっただろう――できるかぎりの支援をしてくれた。最初は受けいれがたかったことと思う。大学卒業までの四年間、ぼくが毎週三十時間アルバイトして学費をかせぐのを見まもり、何くれとなく力になってくれた両親だ。それが今度は、そのすべてを放棄するぼくの姿を見まもることになったのだから。

ぼくがわが道を歩みだして以来の両親の変化は注目に値する。最初のうちぼくは、父さんと母さんのやることなすことがいかにまちがっているか、ぼくの意見がいかに正しいか、二人ともいかに変わる必要があるのかをあげつらい、責めたてた。当然ながら、ぼくらの間には壁ができ、警戒心が生まれ、まともなコミュニケーションができなくなってしまう。本当のところ、変わる必要があるのはぼくのほうだったのだ。ぼくの意見が二人の（誰かほかの人のでもいいけれど）意見より正しいという根拠は、いったいどこにあるのか。以後、ぼくはうるさく言うのをやめた。子どもがうるさくねだってうまくいくのは、親に何かを買ってもらいたい場合だけで、買わないでもらいたい場合ではなさそうだ。

うるさく言わないと決めてから六か月ほどして、小さな変化に気づく。あるとき母さんが電話をよこして、「父さんと一緒にベジタリアンになることにしたから」と言った。またしばらくたって、「次から次へと物を買うのはやめようと思って」という電話が来た。ぼくの意見を言わず、正しさを主張せず、ただ情報を提供するだけで、母さんたちはみずから疑問を抱きはじめたのだ。ぼくがそうしろと言ったからではなく、自分たちでそうしたくなったからだ。そしてついには、ぼくのカネなし計画や生活を応援してくれるまでに変わった。ぼくと同じ道に足を踏みいれる気配はないけれど、つねに自分たちの生き方を問い直し、ほとんど毎週のように何かしら小さな修正を加えている。現実のコミュニティーの立ちあげにはできるかぎりの手助けをしようと言ってくれた。二人にぼくのように生きてもらいたいとは望んでいない。二人だって、息子に自分たちのように生きてほしいとは思っていない。この地球上で共存していくために何が必要かを、両親は教えてくれている。

まわりからどう思われるかを気にして、信念のための行動を起こさないなんて、絶対もったいない。だけど、誰もが持っている（あるいはかつて持っていた）欠点をあげつらって他人を批判する権利など、ぼくにはないということも、だんだんわかってきた。たとえ小さくても地球全体のためになる変化を実現するには、お互いに助け合うほうがずっと建設的である。そうすれば、壁は取りはらわれ、本当の対話が可能になる。

中間地点としての地域通貨

ぼくはお金のない世界に住みたい。これは疑いなく、ぼくの理想だ。だが、この世の中でそれが実現可能だという前提のもとに働き、動くつもりでいても、ぼくの中の現実主義者は、少なくともぼくが生きている間にそんな世界はやってこないだろうと承知している。圧倒的多数の人はお金を手ばなす気など毛頭なく、大変に便利な道具だと思っている。一方、お金を手ばなしたがっている人からも、実際に自分にできるとは思わないと打ちあけられることが多い。

実験期間中にメディアや一般の人から支持を受けたおかげで、ぼくは将来に明るい希望を持てるようになった。世界中の生態学者が必要性を訴えている変化を、きっと人類は起こすことができる。心の底からそう信じている。実現可能性の高い変化の一つに（これは、どうしても必要というわけではないけれど）、地域通貨への移行がある。地域通貨とは、一つの町、村、または小さな地域内でのみ使用できるお金で、イギリス国内にはトットネス・ポンド[*29]やルイス・ポンド[*30]があり、ほかの国でも多数の例が見られる。地域通貨は法定通貨ではなく、いわばシステム化されたバーター取引のようなものだ。生産物やスキルと引きかえに取りきめた額の地域通貨を受けとり、受けとった地域通貨でまた別な物やスキルを「買う」ことができる。地域通貨の目的は、「お金」をコミュニティー内で循環させること、生産者と消費者の間に顔の見える関係を作りだすこと、どこでどのようにお金を使うかを人びとに考えさせること、そして地元の企業や商店を活性化することである。地域通貨の使い手であっても多かれ少なかれグローバル経済とかかわらざるをえない現実は否めないが、地域通貨は、経済を地域の手に取りもどす大きな一歩となる。

地域通貨は交換に基づいているので、ぼくがペイ・フォワード経済に期待するような、ある種の深いメリットは持ち合わせない。けれども、中間地点としては優れていると思う。地域通貨は、消費者と消費する物の間の断絶の度合いを小さくするのにぴったりの方法である。地域通貨を使えば、生産の過程について、また生産者が生活に困っていないかどうかについて、ずっとよく理解できる。現在の通貨制度から完全に移行するコミュニティーが現れたら、ほかのコミュニティーにとっても持続可能な暮らし方のモデルとなるだろう。

＊29　イングランド南西部デヴォン州の町トットネスで使われている地域通貨。トットネスはトランジションタウンとしても知られる。

＊30　イングランド南東部イーストサセックス州の町ルイスで使われている地域通貨。

地域社会の中での自給

ぼくがお金を使わずに暮らしていると聞くと、「自給自足」に限りなく近い生活を想像する人が多い。ぼくも当初はそのつもりだったのだが、じきに、独立独歩とは近代社会における大いなる神話であることを教えられた。ごく控えめに見つもっても、人間が生命を維持していくだけで、すでにミツバチ、ミミズ、微生物の世話になっている。「完全な自給自足」を望んでも不可能だということに気づかされたのが一つ。さらにもう一つ気づいたのは、ぼく自身、それを望んではいないということだった。ぼくの人生における喜びは、少なからず、地域社会の人とのかかわりによってもたらされているのだ。結局のところ、少人数が互いに依存しあって働くことによって「地域社会の中での自給」を実現するやり方が、一番うまくいくだろうし、もっとも望ましいと思う。

イギリスの進化生物学者ロビン・ダンバーは、サルの群れの大きさを研究して「ダンバー数」の概念を導きだした。彼の見積もりによると、人間が安定した社会関係を維持できる相手の数は約百五十人までである。地域的にとらえるなら、街路沿い、郊外住宅地、村などの単位を想定できよう。だいたいこの大きさまでのコミュニティーであれば、量産によるスケールメリットの恩恵を受ける一方で、持続不可能なほどの規模拡大にともなう工業化のおそれもない。ぼくは比較的孤立した環境で一年を過ごしたため、ほとんどの仕事を自分一人でこなさなければならなかった。食事をするには、薪を集めて切りきざみ、食材を集めて切りきざみ、ロケットストーブに三十分間薪をくべつづけ、盛りつけをし、食器を洗う必要があった。ところがこれを相互依存的にやった場合、ぼくが担当するのは一つか二つの工程だけですむから、その分、休息や創造の時間が生まれる。すばらしいのは、地域社会の中で暮らすとお金の必要がないという点だ。皆が自分にできることを持ちより、ある意味では、世間の評判がお金の代わりになる。与えれば与えるほど、多くを受けとる結果となるはずだ。少なくとも、ぼくの経験ではそうだった。

将来に不可欠なスキル

実験を始める前、自然環境と調和したカネなし生活のためにどうしても必要なのは、大工仕事、野菜の栽培、パーマカルチャー的設計、医療、服づくりやつくろいもの、調理、野外でのサバイバル、人の指導などの技能だと思っていた。カネなし生活におけるそれらの重要性は今でも否定しないし、ましてや自給的コミュニティーを作ろうとすればなおさら必要となるだろう。しかし、一年の実験を経た今、そうした技能は「二次的なスキル」だと考えるにいたった。それよりも、肉体的健康、自制心、地球とその上に生きとし生けるものに対する配慮と礼節、それに、与え、分かち合う力。これらこそがカネなし生活にとって欠かせない「一次的なスキル」である。カネなし生活を始めるにしても維持していくにしても、これらの資質の少なくともいくつかを兼ねそなえていなくてはならない。コミュニティーレベルで見たときには、かならずしも全員が肉体的に健康でなくたってよい。体力を必要としない仕事もたくさんある。もしも誰かが病気になったら、まわりの人が手助けできる。とはいえ、個々の構成員が健康であれば、それに越したことはない。娯楽といえば屋外で体を動かすものが多いので、それだけ楽しみも増えるから。

ぼくがどれほどスキルのない人間かは、いくら力説しても足りないほどだ。信じがたいほど平凡なヤツなのである。そんなぼくにこの暮らしができるのだから、ほかにもできる人がたくさんいるはずだ。本当に実行したいという気持ちさえあればね。できるどころか、ほとんどの人は、ぼくよりずっと上手にやってのけるだろう。実行に移す意志を持ち合わせていたら、あとは教育と訓練の問題にすぎない。種のまき方を教えるほうが、種をまく必要性について納得してもらうことよりも、ずっと簡単なのだ。

与え合いの有機的循環

ほとんどの人は、生まれたときから「おまえに安心をもたらすのは（地域社会ではなく）何と言ってもお金だよ」と教えられて育つ。なるほど、すでに持っている物を守ろうとするのは人間の習い性である。そうでもしなければ、万一のときに何を頼りにしたらいいのか。

ぼくがカネなし生活からまっさきに学んだ最大の教訓は、人生を信じることであった。みずから与える精神を持って日々を生きれば、必要な物は必要なときにきっと与えられる。ぼくはそう確信している。これを理性で説明しようという努力は、とっくの昔に放棄した。感性と経験から導かれた確信である。たとえば、ハウスボートを売ったお金でフリーエコノミーのウェブサイトを立ちあげたあと、トレーラーハウスをタダで手に入れた。これは特別大きな例だが、日常のささやかな出来事は枚挙にいとまがない。夜の街から自転車で帰る道すがら、しょっちゅう、食料を必要としている友人知人宅に自分が食べきれない分を配ってまわっていた。別の日に自転車で街に出たとき、食べ物を家に置きわすれて腹をすかせていると、誰かにばったり会って夕食に招かれたりしたものだ。

ぼくの経験では、何の見返りも期待せずに惜しみなく与えていれば、かならず人からも惜しみなく与えられる。与えては受け、受けては与える、有機的な流れだ。この魔法のダンスに、地球全体の生態系は基づいている。けれども、その流れに乗るには、ひたすら信じる必要がある。必要な物は自然が与えてくれると信じることだ。これをキリスト教徒は「自分のまいた種を刈りとる」と表現し、仏教徒は「因果応報」と呼ぶ。無神論者に言わせれば「常識」だ。

仮に、三十人の友人グループの中で、誰かが困ったときは皆が可能なかぎりの手助けをすると取りきめたとしよう。この場合、各メンバーには三十人の後ろ盾ができる。しかし、今日普通とされている生活に戻って、ほとんど自分のことばかり考えて暮らすならば、後ろ盾はたった一人、自分自身だけになってしまう。

愛情、敬意、気づかいをもう少しこの世界に注ぎこんだら、それらの蓄積された世界から、皆が恩恵を被るにちがいない。複雑な理論でも何でもない。たしかに、惜しみなく与え受けとる流れの中に身を置くには勇気がいる。ぼくだっていつもうまくいくわけではない。だけど、この流れに身をまかせているときが、ぼくにとって一番幸せな時間だ。人生はいともたやすく感じられ、抵抗することも、潮に逆らって泳ぐこともない。必要な物は人生が与えてくれると信じるようになってから、ぼくは何事にもとらわれなくなった。心配から解放されると、本当にやりたいことができるようになる。

お金は一つの方法にすぎない

実験中、おまえがお金を使わずに生活できるのは皆がお金を使っているからだ、と何度も言われた。「お金が存在しなくて、私が税金を払っていなかったら、自転車を走らせる道路はどうやって作るのだ」。無理もない意見だが、その前提には「物を作りだすにはお金が必要」という考えがある。ぼくが思うに、この前提がそもそもまちがっているのだ。

何かするときにお金を利用するのは一つのやり方にすぎない。最近、ますますそう実感している。お金は、道路を作るのに貢献した人に報酬を分配する一つの方法ではあっても、道路の建設自体にはまったく必要ない。お金を使えば遠隔地の労働力を利用できるようになり、道路のアスファルトは、まず例外なくどこか遠くの人びとによって作られることになるだろう。お金を使わずに生活していたら、必要な材料は地域内で調達せざるをえない。地域社会のニーズにこたえる責任が生じるし、おのずと自分たちが使う物に対する認識が深まる。また、近隣の労働力を利用せざるをえなくなる点も、ピークオイルや気候変動などの深刻な問題の解決にはきわめて重要だ。

自分たちが必要とする道を地域住民が作れないわけがない。意思決定を地域社会にゆだねれば、住人どうしが協力して自分たちに必要な物を作るのを妨げる障害はなくなる。ちょっと見方を変えるだけのことだ。

インタビューなどで、自転車で道路を利用している点について批判を受けてきた。ぼくの行為が偽善的に思われるのだろう。しかし、人の目玉をえぐりとっておきながら、なぜ見えないのかと責められても困る。ぼくは自分が住んでいる世界と折り合いをつけていくしかない。理想の世界など存在しないのだから。このままでいいとは思っていないが、今、現に生きているのはこの世界だ。前向きな変化を通じてできるだけ大きな社会的影響を与える一方で、自然環境への影響はなるべく小さく抑えたい。そのバランスをとるぼくなりの手段が、自転車なんだ。人間が真に持続可能な暮らしに戻るためなら、ぼくは、アスファルトでおおわれた大規模道路も喜んで犠牲にしよう。家にしても橋にしても、病院や学校にしたって、ぼくらが作ろうとする物についてはすべて同じことが言える。カネなし生活を続ければ続けるほど、もっと地域内でまかなうような方法が可能だと思えてきた。

必要は発明の母

実験開始前からわかってはいたが、事前にできるのは、せいぜいあれこれと計画をたてるぐらい。大半のことがらに関しては、日々何とかするしかない。言い方は古いけれど、まさに「必要は発明の母」である。

野生のフェンネルとイカの甲で歯みがき粉を作る方法は、実験を始めて一か月たつまで知らなかった。おぞましい口臭の心配をするようになって、自分にできる対処方法を探さざるをえなくなったのだ。ビンテージ物の手回し式シンガーミシンを持っていたが、ジーンズ二本の股が破れるまで使ったことがなかった。パンクしないタイヤという概念も、あちこちパンクするようになったらどうしようかと考えるまで、聞いたこともなかった。自転車のブレーキパッドを無料で交換する方法を知ったのも、まだ使えるパッドを自転車屋が捨てていることを知り、取りつけ方法を教えてくれる人が地元のフリーエコノミー・コミュニティーにいるとわかってからだ。

一年の経験からは、明るい希望を与えられた。環境保護論者たちは、ピークオイル以後に世界の終わりがやってくるかのような悲観的筋書きを描いてみせる。その懸念と懐疑的態度は理解できるし、同意する点もある。特に、気候も経済も不安定になる時代に備えて社会を設計し直さなければならないという意見には賛成だ。今すぐその一歩を踏みだせれば、われわれはどんな難問にだって向き合うことができるだろう。人間は信じられないほど機知に富んだ動物で、これまでも力を合わせて困難を解決してきたのだ。第二次世界大戦中のイギリスでは、「勝利のために耕そう」のかけ声に応じて人びとが力を合わせて働いた。たしかに当時は今と違って、近所どうしが皆顔見知りであり、地域社会も小ぢんまりとしていた。だが、今日でも、地域の人びとのつながりを取りもどすことによって強靭なコミュニティーの再生に乗りだせば、どのような将来が待っていようとも対処できると、ぼくは信じている。

物の本当の価値

大規模工場にスーパーマーケット、メガストアのたぐいは、物の正当な値段に対する人びとの認識をすっかり変えてしまった。ブリストルの小さなオーガニック食品生協に仕事で行くたびに、それを強く感じる。「ズッキーニ半キロに一・五ポンドも払うなんてありえない」と言う人たちは、化石燃料を多用せずにズッキーニを有機栽培するのにどれだけの労力が必要か、体験したことがないのだ。大半の生産者が最低賃金すれすれで働いているが、その場合ですら、この重量のズッキーニに必要な作業すべてを約五分でこなさないと赤字になる。生産者の取り分は、平均で小売価格のたった半分である。その半分の中から、諸経費や直接原価を捻出しなければならない。エネルギーを大量に消費する機械を使わず、人間の手で作業している生産者たちに向かって、それ以上のスピードで働けと言えるものだろうか。

自分が使う物を自分の手で作るようになるにつれて、あるいは自分で作らないまでも、作る人との距離が縮まるにつれて、物の本当の価値に敏感になる。友だちのジョシュは、手ずから育てた柳を材料にみごとな椅子を作っている。苗木を植えてから小枝を組みあげるまで、どれだけの時間がかかるかを知っているぼくには、その椅子の本当の価値がわかるし、お金に換算することなどできない。それは、地球に対するジョシュの敬意の象徴であり、彼の人生観の表現なのだ。

大企業が売りにしている低価格は、労働者の搾取とスケールメリットによって初めて実現できるのだということが、ぼくにもわかってきた。こうした企業は、いつか、この地球のあらゆる自然資源を奪いつくしてしまうのではないだろうか。ぼくらが享受してきた恵みを破壊しつくすコストは、はたして商品の値段に反映されているだろうか。実際に反映したら、いったいどんな値段になるだろうか。

最後に一言

人類は歴史の転換点にいる。高速で走る車や、カードサイズのコンピューターや、さまざまな文明の利器を手ばなすことなく、澄んだ空気、豊かな熱帯雨林、清浄な飲料水、安定した気候を手にすることはできない。われわれの世代はどちらかを選べるが、両方は選べない。人類は選択を迫られている。どちらを選んだとしても、なんらかの痛みを引きうけることになる。便利な小道具か、それとも自然環境か。選択をまちがえれば、次の世代は両方とも失うかもしれない。

エピローグ

お金を使わずに生きるすべを身につけるには、生まれてこのかた形成されてきた精神構造や習慣を変えなければならない。それは一夜にしてできることではないし、そうしたいと思う人もいないだろう。ぼくの場合、始まりは七年前だった。マハトマ・ガンディーに関する本を読んで、彼の哲学を――ぼく自身のと混ぜ合わせて――今日の文脈で実践しようという、生涯にわたるであろう試みに乗りだしたのだ。

二〇〇七年にフリーエコノミー運動を始めて以来、食べ物の入手方法から、遊び方、A地点からB地点に行く方法まで、自分の生活のあらゆる側面における方程式からお金をなくそうと模索してきた。お金を、地域住民や自然環境とのリアルな関係に置きかえる方法を探しつづけてきた。これには、ずいぶん時間がかかっている。必要な情報の多くは、経験をとおして、あるいは適切な時期に適切な人と出会うことによって手に入れてきた。そうなんだ。気づいたのは、この道を進むほどに、同じような生き方をめざしている人が次々とぼくの前に登場してくるってこと。その人たちは以前からそこにいたのに、最近になるまでぼくの目に入らなかっただけなのか、それとも、気候変動、金融危機、ピークオイル、環境破壊、資源枯渇などの深刻な問題が浮上するにつれて、カネなしで暮らすという大昔からある考えが今日的な意味を帯びてきたのか、ぼくにはわからない。誰にもわかりやしない。ただ明らかなのは、さまざまな理由から、お金を使わずに生きる運動が注目されるようになり、急速に広まっているという事実である。

カネなし生活への道のりは、真夜中の原生林に明かりを持たずに入っていくようなものだ。住むには最高の場所かもしれないという気はしても、いかにも恐ろしげに見える。ときにはすっかり怖《お》じ気《け》づいてしまうこともある。この先に何が待っているか、どれだけ遠くまで歩かなければならないのか、まったくわからない。それでも歩いてゆく。つまずくこともあれば、転ぶときもある。けがをすることだってあるが、起きあがる。数時間歩きつづけると、別の道から同じ場所にたどり着こうとしている人に遭遇する。二人で助け合いながら歩を進める。自分以外の人が同じ場所を探していると思うと、身の安全が高まったと感じるだけでなく、やはり行く価値のある場所なのだと意を強くする。孤独感はやわらぎ、落ちつきも取りもどす。朝の四時になり、知覚をはばんでいた漆黒の夜の力が衰えはじめると、前方に一群の人たちが見えてくる。皆、同じ場所を探しているのだ。合流して歩きつづける。この森を自力で探検しようとする人のために、目印を残し、方角を書きしるし、旗をつるしながら。

夜明けが近づくにつれ、会う人の数は増えてゆき、森が気味の悪いところではなくなってくる。恐れていた獰猛《どうもう》な怪物は、とうとう姿を現さなかった。突然、小さな空き地にたどり着く。何世代も前に誰かが住んでいた場所らしい。途中で出会った人たちと一緒にそこへ着いた瞬間、てんでばらばらの方角からこの場所にやってきたおおぜいの人と顔を合わせる。皆同じように、それぞれの直感に従って楽園を探していた人たちだ。全員が一堂に会したとき、空き地の地平線から太陽がのぼりだす。朝日に照らされて、そこが誰もが夢見たようなすばらしいところであったことがわかる。何もかもが潤沢にあった。皆は協力して果実やナッツを摘み、収穫を分け合う。人びとは力を合わせて家を建てる。すべての人のニーズを満たしてもありあまる豊かさだ。別々の方向から地図も持たずに歩いてきた全員が、どうやって同時にここへたどり着けたのかは、人生の謎である。なぜ自分がこの森に足を踏みいれたのかさえ、わからない人もいた。わかっていたのは、歩きつづけた道のりが、最初に思ったほど楽ではなかったことだけ。各人の理由は一つとして同じものがなかったけれど、全員が同じ場所に楽園を見つけたのだった。

カネなしの世界に入っていくのは、かなり恐ろしいことかもしれない。しかし、本当の冒険で恐ろしくないものなどあるだろうか。快適さにしがみついているだけで、人類は世紀の大発見をなしえただろうか。探検に出てみようと思う人にとっての福音は、この道を歩む人がどんどん増えていて、道しるべを立てたり、敷石を置いたり、ガイドブックを書いたりしていることだ。あとは、旅立ちを決意するだけでいい。そこが一番難しいんだけど。

この本は、森のごくおおざっぱな地図である。カネなし生活は冒険だ。どんな冒険もそうだが、ときには地図を放りだして、道に導かれるまま進むほうがいい。この生き方を実践してみたいと思うならば、自分に合った道を見つけてほしい。一人一人がちがう人間で、住んでいる地域だって異なる。万人向きの方法などない。その地域の環境と住民のニーズに合わせた方法を考える必要がある。お金を使わない暮らしは全人類がいつか来た道なのに、すっかり昔の話になってしまった。

先生は一人もいない。全員が、互いの経験から学び合う生徒なのだ。ぼくの経験が何かしら参考になればうれしい。役に立ちそうな部分を利用したら、あとはアイデアのリサイクル箱にでも突っこんでくれ。

謝辞

この本の表紙にはぼくの名前が印刷されている。中身がぼくの言葉だというわけだが、それは正しくもあり、まちがってもいる。ぼくには所有権を主張する気はない。そんなこと、できやしない。ここに書いてあることは、これまでのさまざまな経験――ぼくが出会った人びと、読んだ本、聴きおぼえた歌、泳いだ川、キスした女の子、見た映画、身につけた伝統、思想を学んだ哲学者、犯した誤り、目撃した暴力や愛――の積み重ねにすぎないのだから。

ここで、ごく親しい人たちに感謝をささげたい（ただし、名前を挙げなかった人のことを大事に思っていないなんて誤解しないでほしい）。まず、子どものときから現在にいたるまで、ありったけのものを与え、つねに支えとなってくれた両親のマリアンとジョシーに。それから、ぼくが進もうとする道すじをつける段階から力になってくれ、実際に歩みだしたとき、つまずいたときに見まもり、今も変わらず助けてくれている友人たち、特に、クリスとスージーのアダムス夫妻（とまだ小さいオーク）、ドーン、マーカス、オリヴィアに。マリ、君の愛とぼくたち二人の強固なきずなに。ファーガス、暗闇を照らす灯台となって、本来の目的を見失わぬよう導いてくれた君に。また、それぞれに生きる道はちがっても、友情とは何かを教えてくれたマーティー、スティーブン、ジェラードに。そして各地のフリーエコノミー・コミュニティーに。その豊富な知識とスキルと友情は、この一年、お金よりもずっと価値が大きかった。ワンワールド社の腕きき編集者マイク（思いがけずこの本を楽しんでもらえたとしたら彼のおかげだ）と、世界一頼りになる代理人のサリーアンにもお礼を申しあげる。

最後に、この一年間に支援を申しでてくれたおおぜいの人と、ぼくを批判してくれた人たちにも感謝を。世の中にはいろいろな考え方があって、まだまだ学ぶべきことがたくさんあるのだと教えてもらった。

訳者あとがき

本書は、二〇一〇年六月にイギリスで出版されたMark Boyle著*The Moneyless Man: A Year of Freeconomic Living*（カネなし男――フリーエコノミー的生活の一年）の全訳です。

お金のいらない社会を夢見る著者のマーク・ボイルが、みずから金銭を一切使わずに暮らした一年間の体験を余すところなくつづっています。

少なからぬ人が社会的不公正や環境破壊に心を痛め、それぞれに行動を起こす中で、著者が選んだのは「カネなしで生きる」という道でした。現代社会の抱えるさまざまな問題の根っこにあるのは、自分たちの消費する物がどこでどのように生産されているのかを見えなくする「お金」の存在だ、と考えたからです。

けれども、著者は、カネなしという生活スタイルから想像されがちな「世捨て人」ではありません。日常のあらゆるシーンからお金のやりとりをなくしていく方法については、本書で詳細に語られているとおりですが、その重要な柱の一つが「分かち合い（シェア）」です。必要な物を分かち合い、見返りを求めずに助け合うことをとおして、人間どうしのきずなとコミュニティーの再生をめざしています。そのためには、インターネットも（太陽光で動く中古のパソコンで）活用するし、マスコミにも積極的に登場して、カネなしの理念普及につとめているのです。

理想を追求しながらも、現実的なバランス感覚とユーモアを忘れない著者の姿勢は、イギリス内外で多くの人の共感を呼んでいます。スキルや道具の分かち合いを橋渡しするために著者が立ちあげたウェブサイトは、二〇〇七年の誕生以来めざましい成長をとげ、そこにつどう「フリーエコノミー・コミュニティー」のメンバーは約三万五千人にもふくれあがりました（二〇一一年一〇月末現在。フリーエコノミーは、二〇一四年にオンライン上の分かち合いサイト「ストリートバンク」に統合された）。原著刊行時の情報にはメンバー数一万五千人とあるので、以後の一年半で二万人ほど増えた計算になります。その間、本書はほかの英語圏諸国で発売されたばかりでなく、ギリシャ語、トルコ語、韓国語、中国語（繁体字・簡体字）、ポルトガル語、ブラジル・ポルトガル語、インドネシア語、ドイツ語にも翻訳されています（一部、翻訳中の言語も含む）。

著者がカネなし実験を開始した「無《む》買《ばい》デー」とは、クリスマスの約一か月前に設けられた、消費主義からの休日です。欧米のクリスマスショッピング熱のすさまじさは日本の比ではありません。だから、あえてこの時期に「余計な物を買わずに過ごしてみよう」という日が、まずカナダで提唱されたのです（ちなみに、この日本語版は二〇一一年の無買デーに刊行されます）。

お金と決別した著者はクリスマスプレゼントのやりとりとも無縁になりましたが、まだお金を使っている人に向けては、せっかく買うなら次のようなプレゼントはいかが、と提案しています。①果樹や野菜の苗など、食べられる植物を贈る、②相手が賛同してくれそうな趣旨のプロジェクトに、その人の名前で寄付をする、③フリーサイクルなどの不用品交換で入手する、④自分の人生を変えた本やDVDを買ってみんなに配る。どれも気がきいていて、クリスマス以外の贈り物にも応用できそうなアイデアです。

では、著者自身の人生を変えたのは、どんな本でしょうか。本書中に出てくるガンディーの伝記（ルイス・フィッシャーによる）、ソロー『森の生活』、ジブラーン『預言者』、ヘッセ『シッダールタ』のほか、本人のブログでは、サン＝テグジュペリ『星の王子さま』、平和思想家サティシュ・クマールの自伝『終わりなき旅（*No Destination*）』、E・F・シューマッハー『スモール・イズ・ビューティフル』、などの名も挙がっています。また、最近ではチャールズ・アイゼンステイン『人類の上昇（*Ascent of Humanity*）』、エコロジー運動の哲学詩人と呼ばれるデリック・ジェンセンの『エンドゲーム（*Endgame*）』に感銘を受けたと言います。

フリーエコノミー・コミュニティーの発展型としてフリーエコノミー・ビレッジを立ちあげる決心をしたところで本書は終わっています。著者の宣言したとおり、原書の印税などはすべて「カネなし村」の土地購入資金に当てられることになりました。その後も著者自身はカネなし生活を続けながら、本書でもおなじみのファーガス・ドレナン、ロンドン郊外でトランジションタウンの活動にたずさわるショーン・チェンバレンらとの共同作業によって、カネなし村構想をしだいに具体化させてきました。ついに二〇一一年七月からは、二年半以上におよんだ幸福なカネなし生活にいったん区切りをつけ、街に戻って立ちあげの準備に専念しています。先日届いたメールによると、どうやら希望どおりの土地を取得できたようです。今後の展開が楽しみです。

「カネなしで暮らす」という具体的かつ日常的な実践が投げかけている問いは、文化や環境のちがいを越えて、日本に住むわたしたちの心にも強く響いてきます。資源を共有《シェア》したり善意のやりとりを仲介したり地域の力に着目したりする試みは、日本国内のあちこちでも近年増えつつあります。三・一一を経験し、これまでの持続不可能な生活のあり方（を推奨してきた政治・経済のしくみ）を徹底的に見直す必要にせまられている今、著者のメッセージがより多くの人の手に届くことを願ってやみません。

著者の実験を日本に初めて紹介したのは、おそらく、ライターの鈴木あかねさんによる『AERA』二〇一〇年二月十五日号の記事でしょう。体験記の出版が計画されていることをこの記事で知った紀伊國屋書店出版部の有馬由起子さんの熱意と尽力によって、日本語版の刊行にこぎつけることができました。個人的にも共感するところの多い本書に向き合う機会を与えてくださった有馬さんに感謝申しあげます。

二〇一一年一〇月

吉田奈緒子

○著者

マーク・ボイル（Mark Boyle）

一九七九年、アイルランド生まれ。大学で経済学を学んだ後、渡英。オーガニック食品業界を経て、二〇〇七年、ブリストルでフリーエコノミー（無銭経済）運動を創始。二〇〇八年の「国際無買デー」から一年間お金を一切使わずに暮らす実験を決行すると、世界中から取材が殺到し、大きな反響を呼んだ。彼の主宰するフリーエコノミー・コミュニティーのウェブサイトには一六〇か国三万四八四三人が参加し、四六万一七六六種類のスキル、九万五〇八八個の道具、五五四か所の空間を分かち合っている（二〇一一年一〇月末日現在）。現在は、「地域社会の中での自給」をめざし、お金がいらない暮らしのモデル・ビレッジを設立準備中。本書は初めての著書で、世界の一〇の言語に翻訳され、一四か国での刊行が決まっている。他の著書に、『無銭経済宣言——お金を使わずに生きる方法』（紀伊國屋書店）、『モロトフ・カクテルをガンディーと——平和主義者のための暴力論』（ころから）、*THE WAY HOME: Tales from a Life without Technology*（邦訳は紀伊國屋書店より刊行予定）がある。

○訳者

吉田奈緒子（よしだ・なおこ）

一九六八年生まれ。東京外国語大学インド・パーキスターン語学科卒業。英国エセックス大学修士課程（社会言語学専攻）修了。現在、千葉・南房総で「半農半翻訳」の生活を送っている。訳書に、マーク・サンディーン『スエロは洞窟で暮らすことにした』、マーク・ボイル『無銭経済宣言』『モロトフ・カクテルをガンディーと』。

ぼくは
お金を使わずに
生きることにした

二〇一一年一一月二六日　第一刷発行
二〇二一年　五月一三日　第一七刷発行

著　者　マーク・ボイル
訳　者　吉田奈緒子
発行所　株式会社　紀伊國屋書店
東京都新宿区新宿三-一七-七
出版部（編集）
電話：〇三-六九一〇-〇五〇八
ホールセール部（営業）
電話：〇三-六九一〇-〇五一九
〒一五三-八五〇四
東京都目黒区下目黒三-七-一〇
装　丁　木庭貴信＋角倉織音（オクターヴ）
印刷・製本　シナノ パブリッシング プレス

ISBN 978-4-314-01087-0 C0036
Printed in Japan
＊定価は外装に表示してあります